Ibissur

diaphanes

broschur

Roman Widder

Ibissur
Erzählung

diaphanes

Originalausgabe

1. Auflage 2013
© diaphanes, Zürich-Berlin
www.diaphanes.net
Alle Rechte vorbehalten

Satz und Layout: 2edit, Zürich
Druck: Pustet, Regensburg
ISBN 978-3-03734-320-3

Teer im Mund

Osman habe den Finger immer ein wenig zu stark auf das Werkzeug gedrückt, um sein Herz besser zu spüren. Er habe auch den Schmerz gemocht, wenn er abrutschte und die ungeschützte Haut traf, erzählt Tschepucha der Alten, die eine Suppe vorbereitet, während Nastja an meiner Seite gerade aufgewacht ist und zu spielen anfängt. Tschepuchas Stimme wird von dem Gerede des Radios begleitet, als er fortfährt, vielleicht habe man Osman, der schon immer Schwierigkeiten beim Denken habe, nach der Passreform keinen neuen Ausweis ausgestellt, weil ihm der Fingerabdruck misslungen sei. Die Vernarbung des Hautgewebes auf den Fingern habe nicht ausgereicht, wie auch die dicken Hornschichten, das Muster der Verletzungen und das andere, was da noch war, so Tschepucha, mein Übersetzer, wenn ich ihn richtig verstehe, denn er spricht hektisch und erzählt der Alten die Geschichte viel zu schnell, hier im Norden des Ural, nicht weit vom Fluss Ob, wo ich mit einigem Papier vor dem stockenden Rechner sitzend auf das Laden der Bahnseite warte, um unsere Abfahrtszeit zu ermitteln. Leider befinden wir uns in einem Empfangsloch. Die Verbindung ist so langsam, dass ich nur staunen kann und überlegen, wie die dadurch entstehende Pause am besten auszufüllen ist. Von Zeit zu Zeit deutet der Bildschirm ein Ergebnis an, um dann doch wieder stillzustehen. Auf die leere weiße Fläche starrend haben meine Augen immer

7

mehr zu schmerzen begonnen, meine ohnehin zu kleinen Augen, die geschädigt sind durch den hinter uns liegenden Nordwinter, Wochen voller Schnee und blendender Luft, wenn immer und nie Nacht ist, wenn im dichten Schneefall und in der Nähe von Laternen die Tageszeiten verschwinden. Nur selten luge ich darum in Richtung des Bildschirms hoch und habe es schon lange satt und Lust, unsere Verbindungslosigkeit zu beenden, indem ich das Unding entsorge, aber Tschepucha und die Alte werden die Zeit, so hoffe ich, durch ihr Gespräch kurzweilig gestalten, ich schreibe mit.

Der Erzählung Tschepuchas zuhörend scheint es mir tatsächlich, als hätten sich meine Finger nach und nach verbraucht und vernarbt. Als hätte ich, einem Schmied gleich, mit brennenden Metallen gearbeitet und beim Versuch, eine Form zu schaffen, meine Finger ruiniert, mehr noch, mein Gesicht zerstört. Der Blick in den Spiegel gab mir damals nur etwas formlos Dumpfes, Verunstaltetes zurück. Ich sehe vor mir mein eigenes Bild, den Zeigefinger auf die durchsichtige Plastikfläche der schwarzen, für die Physiognomie des Fingers zuständigen Maschine haltend, die grün blinkend kleine elektrische Stöße durch die Haut ins Innere des Körpers sendet, solche und andere Bilder, die fremd sind und bekannt zugleich. Tschepucha muss all das, das meiner Erinnerung so ähnlich ist, aus den langen, unzusammenhängenden Gesprächen auf dem Herweg, deren Inhalt ich nicht mehr greifen kann, von mir geborgen haben, in Einzelteilen geborgen und zu einer neuen Maschine zusammengebaut. Tschepucha erzählt die Geschichte in eigenartiger Mundart, von der ich manches verstehe, anderes nicht, weshalb ich unsicher bin, ob er sie, einiges hinzufügend, einiges auslassend, wirklich so erzählt, wie ich sie vernehme, so anders nämlich, als ich sie mir wohl im Kopf zurechtgelegt habe, während ich sie ihm erzählt haben muss, auf dem Weg hierher in den Norden. Seltsam und entkräftend ist es, meiner eigenen Geschichte zuzuhören, gefangen in der Stimme Tschepuchas. Manchmal aber ist es auch erleichternd zu wissen, dass er sie nach eigenem Gutdünken variiert, sodass ich mich nicht fortwährend in ihr erkenne. Trotzdem würde ich mir am liebsten die Ohren zuhalten, um sie nicht noch einmal zu hören, es scheint mir zu viel Selbstmitleid darin. Zwar unterbreche ich ihn hin und wieder mit Sätzen wie »Das stimmt so nicht«, aber die Alte versteht mich kaum, obwohl sie eigentlich eine Deutsche ist, wie Tschepucha mir gesagt hat, eine solche Deutsche, die nicht Deutsch spricht und nie Deutsch gesprochen hat, das einzige Wort, das sie kennt, ist »Klößchensuppe«. Tschepucha jedoch lässt meine Einwände unberücksichtigt. Es hilft nicht einmal, irgendwelche Wortfetzen vor mich hin zu murmeln, um das Redematerial zu zerbrechen und ihm den Zusammenhang zu nehmen, denn Tschepuchas Stimme ist mädchenhaft hoch, durchdringt meine Hände mit Leichtigkeit, füllt mein ganzes Hirn aus und zwingt mich oft noch, die Geschichte innerlich selbst zu vollenden, wenn ich ein Wort nicht verstehe.

»Ist dir kalt?«, fragt die Alte zwischenrein Tschepucha, der den Kopf schüttelt und fortfährt, möglicherweise auch aufgrund der weniger gewordenen Kinder habe der Spielzeugbauer Osman einen Absatzrückgang, einen plötzlichen, beinah totalen Absatzeinbruch hinnehmen müssen, kaum noch etwas verkauft. Niemand habe wohl mehr das nötige Kleingeld für sein hochwertiges, sorgsam handgemachtes Holz- und Blechspielzeug gehabt. Die mehrfache Kombinierbarkeit der Elemente, auch der Körperteile im Falle von menschenähnlichen Figuren, sei Osmans Spezialität gewesen. Er habe versucht, schneller zu arbeiten, zügig viele Teile herzustellen und sie billiger anzubieten, doch es sei nichts Ordentliches dabei herausgekommen, nur zerstochene Finger. Jede seiner kleinen Puppen und jede kleine Apparatur fordere Geduld, Fürsorge und Nachdenken. Ohne jedes Anzeichen, ohne Vorahnung, so Tschepucha, habe dann Osmans Wegbegleiterin, deren Namen er offenbar gerade vergessen hat, das Weite gesucht. Osman habe seiner Frau trotz aller Plötzlichkeit sofort geglaubt, habe sofort gewusst, dass sie es ernst meinte, sie auch verstanden. Dennoch habe sich in ihm sogleich eine lange Starre und Appetitlosigkeit ausgebreitet. In seiner doppelten Beurlaubung habe er auf einmal eine Art geistige Behinderung empfunden, sei sich seiner eigenen, tief sitzenden Behinderung und auch körperlichen Beschränktheit bewusst geworden, die ihm niemand je so stark angemerkt habe, wie er sie empfinde. Von allen sei diese Behinderung übersehen worden, niemand habe an sie glauben wollen, vielleicht, so Osman, sagt Tschepucha, habe man sie gefürchtet, weshalb ihm nicmand zugehört habe, wenn er ihnen sagte, es ist genug. Nur durch eine unvorhergesehene Entscheidung habe Osman sich retten können, nämlich durch den Entschluss, nach Armenien zu gehen, um seine Vorfahren und Urahnen zu suchen, ohne zu ahnen, was durch sein mutwilliges Stolpern ins armenische Flugzeug beginnen würde. Er habe plötzlich nach Armenien gewollt, in das Land, wo, wie er gehört habe, alles anders sei und besser. Die Spuren hätten ihn aber schon bald in die kalmückische Steppe geführt, denn über die Kalmückensteppe könnten seine Vorfahren nach Deutschland ausgewandert sein, wie Osman in Armenien herausgefunden habe. Dort habe er, Tschepucha, Osman aufgeschnappt und hierher gebracht, in den Norden, damit er sich etwas abkühle. Er habe keine Kinder zurückgelassen.

Tschepucha will mich mitnehmen an die Küste des Ochotskischen Meeres, um dort eine marode Fischfabrik wieder auf die Beine zu stellen. Er hat mich überredet und meinen ziellosen Vorstellungen eine Richtung gegeben. Ich, der ich bisher immer mit Spielzeug, Handwerkszeug und allerlei anderem Kram beschäftigt war, auch durch Fahrradreparaturen hinzuverdiente, habe mich nebenbei immer für einen kleinen Privatdenker gehalten, einen, dessen am Abend und in der Nacht eingeübte Theorien mehr taugen als die so manches Berufsdenkers, bis ich Tschepucha traf. Ihm zuhörend und mit Nastja neben mir kommt es mir vor, als sei ich nur zum Spielzeugbauer geworden, weil ich Kinder nie besonders leiden konnte und nie fähig war, selbst mit ihnen zu spielen. Ich machte ihnen also etwas, womit sie sich beschäftigen konnten. Nastja aber gefallen die Spielzeuge, die ich ihr gebastelt habe, nicht: eine Eisenbahnlok, ein fliegender Seehund, eine einarmige Puppe im Parteianzug. Sie ist ohnehin allzu unstet, spielt immer wieder mit etwas anderem, es hat keinen Sinn, ihr etwas zu basteln. So bin ich zum Schreiben übergegangen, auf losen Papieren, um die Hände zu beschäftigen.

Halb auf dem Boden sitzend und im Flur, denn die Küche ist im Flur, trinken wir einen samojedischen Tee, der sich nur so nennt, aber etwas anderes ist. Wie kann man nur, denke ich mir, einen Tee kochen, der nur aus lauwarmer Milch und Salz besteht, in dem man vielleicht noch etwas wie Kräuter, Gewürze, möglicherweise auch Tee finden kann, jedoch in verschwindend geringer Dosierung. Die Alte hat ein Kleid an und, wie es scheint, nichts darunter, ein buntes verschwitztes Kleid oder einen Schlafanzug mit Blümchen aus einem Stoff, der jenen robusten Plastiktischdecken ähnelt, die man vorzugsweise im Garten verwendet, weil sie sich von jedem auf sie fallenden Unrat säubern lassen. Die Alte, die dabei ist, die Erdklumpen von den Kartoffeln und Karotten abzukratzen, sagt, Osman hätte sich doch eine Neue suchen können. Tschepucha aber entgegnet nein, es entspreche nicht nur der Tradition, in Trauer und Entsetzen zu verfallen, sondern Osmans Ausreise habe tiefere Ursachen als das Verschwinden seiner Frau, er habe schon vorher das Gefühl eines Verschwindens in sich entdeckt und dieses sei nicht kleiner, sondern größer geworden, fährt Tschepucha fort, nach eigenen Angaben nun die Selbsterzählung Osmans überschreitend und seine eigenen Schlussfolgerungen ziehend. Osman sei schon lange leerescheu gewesen und habe nur das Gegenteil erreicht bei dem Versuch, seinen Kopf abzudichten, sich mit allerlei Aktivitäten und Hoffnungen vollzustopfen, abzufüllen. Osman habe aus dem dumpfen anhaltenden Schmerz des dringender gewordenen Verschwindens heraus sein letztes Geld, das eigentlich für eine schon lange fällige Operation an seinen Lungen eingeplant gewesen sei, genommen, um sich seine abstehenden Ohren anlegen zu lassen. Mit der Ohrenoperation habe sich Osman einen Kindheitstraum erfüllt, so Tschepucha, den ich der Einfachheit halber und wegen seiner gelehrten Art manchmal Maltritz nenne, weil er manchmal die Rolle eines hinterwäldlerischen Schriftgelehrten einnimmt. Seine neuen Ohren würden ihm jedoch nicht gefallen, sie seien nicht wirklich besser als die alten, etwas kleiner und näher am Hirn, aber noch immer alles andere als schön, außerdem hätten sie seit der Operation etwas Unregelmäßiges, Asymmetrisches, sagt Maltritz.

Die Geschichte mit der Frau und den Ohren aber, so Maltritz weiter, sei nur Osmans Darstellung der Dinge. Während Osman behaupte, seine Frau habe ihn verlassen, glaube er, Maltritz, Osman selbst habe seine Frau nicht mehr ertragen, die hagere, dunkelhaarige Frau mit den dicken Augenbrauen habe er nicht mehr ansehen und berühren können. An einem gewittrigen Tag habe er sie plötzlich wie einen Hagelsturm vom Himmel fallen sehen, habe sich von ihrer unbelehrbaren Zuneigung erdrückt gefühlt, ihren steifen Bewegungen, ihrem nicht fassbaren Körper, dem langen trockenen Haar, ihrem grenzenlosen Glück. Kurz vorm Ersticken sei Osman gewesen an diesem anfangs wunderbaren Tag mit dem Gewittergeruch, der unvergleichlich frischen, jenseitigen Luft, die vor einem Sommergewitter herrscht. »Ich jedenfalls«, so Maltritz, »kann klar sagen: Ich lehne die Liebe ab.«

Ich überlege, ob ich ihm irgendwann ein Bild gezeigt habe, kann mich aber nicht entsinnen, muss jedoch zugeben: Mir gefällt Tschepuchas Version. Etwas an ihr ist präziser und näher an der Wahrheit. Als störend empfinde ich nur, dass Tschepucha sich den Anschein gibt, als habe er alles verstanden, dabei kennen wir uns erst kurz und aus unkonzentrierten Gesprächen. Warum ich eigentlich gegangen bin, weiß er nicht besser als ich und ich selbst nur ungefähr. Vielleicht war es überhaupt ein unscharfes, ungefähres Gefühl, aus dem heraus ich den Entschluss gefasst habe. Tschepucha aber erzählt weiter, als wäre er dabei gewesen, Osman sei tagelang spazieren gegangen, immer daran denkend, dass es ihm an einem Gedanken fehle. Osman habe gewartet, doch ihm sei kein Gedanke gekommen, keine Möglichkeit sei in Sicht gewesen, sich aufzuräumen, auszuleeren oder immerhin zu verwischen, unkenntlich machen. Ohne Ziel sei Osman tagelang spazieren gegangen, durch die Stadt gelaufen, getrieben von dem Unwohlsein, das in der Lücke entstehe, die in jedem Körper zurückbleibe, wenn ein Bein abgerissen oder ein Arm fortgeschleudert werde. Eine Lücke, die in jedem Gesicht sofort auffalle, wenn eine Nase abgefallen oder ein Ohr abgeschnitten sei. So, beim Gehen, habe er die Unfähigkeit weiterzumachen, anzuknüpfen, fortzufahren weniger empfunden. Osman habe die Sehnsucht, aufrecht zu gehen, auf seinen Spaziergängen mit sich herumgetragen, habe das Gefühl vermisst, aufrecht zu gehen, doch wie er sich auch gestreckt habe, am Ende habe er sich immer wie eine Schnecke gefühlt. Auf diesen Spaziergängen sei ihm gewesen, so Tschepucha, als laufe er sich selbst leer, als gehe er langsam aus.

Ich habe schon immer Probleme mit dem Denken. Mein Kopf, so ist mir, funktioniert nicht einwandfrei, umso mehr wünsche ich mir das richtige Funktionieren des Kopfes, der mir oft nur als ein Anhängsel der Augen und Hände erscheint. Oft will ich anfangen zu denken, aber es gelingt nicht, ich schweife ab. Diese Denkmüdigkeit war schon immer da und nur die Handarbeit dämmte sie ein. Nachdem sie nichts mehr einbrachte, begann ich zu laufen. Wir sollten endlich losgehen, denke ich auch jetzt, das tagelange Sitzen und Warten in dieser engen, schäbigen Hütte hat mich unruhiger gemacht. Die Alte fordert Tschepucha auf, sich eine Jacke anzuziehen, bis die Suppe fertig ist. Diesem aber ist ganz warm vom Reden und er fährt fort, Osman habe immer mit den Händen gearbeitet, nun habe er nicht mehr gewusst, wohin mit ihnen, am Abend, am Morgen, tatenlos hingen sie an seinem Körper. Osmans ganze Sehnsucht liege nun in der Fischfabrik. Bis dahin lenke er sich durch das Geschreibsel ab, sagt Tschepucha, dreht sich zu mir und sagt, ich solle keine Angst haben vor dem Denken, Schreiben helfe sowieso nicht.

Das also erzählt Tschepucha, der zwischen allem und jedem eine Verbindung herzustellen vermag. Ich dagegen habe nur lose Bilder im Kopf, Bruchstücke von Erinnerungen. Frisch rasiert sitze ich im Bad, mit einer Zeitung in der Hand, welche nichts enthält, das Halt gewährt, mit einem Spiegel mir gegenüber rauche ich und sehe mir dabei zu. Durch die Nacht laufe ich, an einer Bar vorbei, in der jugendliche Gesichter auf einen Bildschirm starren, wodurch ich hineingezogen werde und die Geschichte eines Mannes sehe, der aus dem Leben geht, ohne zu sterben, der zu Unrecht für tot erklärt wurde nach einer Intrige und einem Fehler bei der Obduktion. Ich laufe weiter, alles ist leer, grell und feucht, ich laufe, das Zentrum der Stadt suchend, hier und dort einkehrend, prüfend, was es für Leute gibt, was sie sagen und denken, sehe mich, wie ich versuche, sie zu berühren, um zu erfahren, wie sie sich anfühlen. Ich sehe mich, wie ich, zu Hause sitzend, das Verstreichen eines störenden Gefühls abwartend, die Unterlagen meiner armenischen Vorfahren herauskrame. Zuerst wühle ich darin, auf der Suche nach irgendeinem wichtigen Dokument, das ich vielleicht bisher übersehen habe, dann sortiere ich die Papiere und hole das Bild von dem Haus heraus, das wahrscheinlich einmal entfernten Verwandten gehört hat. Nicht mehr als dieses Bild von der in der Steppe vor den Bergen stehenden Hütte habe ich mit nach Armenien genommen, um meine Vorfahren zu suchen oder die Landschaft, in der sie gelebt haben. Die Alte habe ich schon gefragt, habe das Bild aus meiner Jackentasche genommen und es ihr gezeigt. Sie hat es kurz angeschaut, den Kopf geschüttelt und gesagt: nein, das kenne sie nicht, ich sei aber ganz schön weit vom Weg abgekommen, und hat mir das Bild wieder zurückgegeben. Ich sehe mich, wie ich am Morgen beim Verlassen der Wohnung einen Zettel hinterlassen will, unsicher in der Wahl der Worte. Ungeachtet meiner Schreibschwäche wollte ich, bevor ich die Wohnung verließ, noch irgendetwas aufschreiben, ohne zu wissen was. Der Inhalt der Worte ist schon verblasst, ich habe auch keine Abschrift gemacht und gelegentlich denke ich darüber nach, was ich wohl geschrieben haben könnte und was ich hätte schreiben sollen, zum Beispiel so: »Ich bin in Armenien. Von dort aus werde ich laufen, bis mir die Beine brechen oder der Kopf abfault. Ich werde dir schreiben, wenn ich irgendwo angekommen bin. Ich werde unsere Adresse benutzen. Du hast einmal gesagt, wir würden uns wiedersehen, sollten wir uns aus den Augen verlieren. Ich sorge mich um dich und frage mich, wo du jetzt bist.«

Tschepucha, an den ich mich in den letzten Wochen gut gewöhnt habe, scheint nur zu erzählen, um die Alte nicht zu Wort kommen zu lassen. Vor allem aber ist mir beim Zuhören, als sehne er sich selbst nach einer richtigen Stadtgeschichte, nach Verlorenheit und Selbstzweifel, nach dem Herumirren in einem Labyrinth, das auf ihn, den Provinzler, poetisch wirken muss, weshalb er auch in allem etwas übertreibt. Tschepucha nämlich ist einer von jenen, denke ich mir, die nie in einer richtigen Großstadt waren, die schon lange genug haben von ihrem Nest, aber auch nicht herauskommen, nicht loslassen können, irgendwie doch an ihm hängen, vom Rest sich alles versprechen, aber nicht die Kraft zur Umsiedlung finden und, wie Tschepucha, nicht mehr unternehmen als gelegentliche geographische Reisen.

Osman habe den Stift schon immer seltsam gehalten, sagt Tschepucha, auf meine Hand deutend. Schon in der Kindheit, fährt er fort, habe man ihm das abgewöhnen wollen, ohne Erfolg. Er habe so selten geschrieben, dass die Schrift keinesfalls immer gleich aussah, noch heute ähnele ein Schriftstück dem anderen selten. Der Graphologe, zu dem Osman kurz nach dem Verschwinden seiner Frau gegangen sei, habe sich nur schwer davon überzeugen lassen, dass es sich um ein und dieselbe Person handelte. Man habe seine Handschrift nicht entziffern können, habe sich geweigert, es überhaupt zu versuchen, habe kapituliert vor der Unleserlichkeit seiner Schrift. Niemand habe Osman je beigebracht, ordentlich zu schreiben, dabei könne er ja schreiben, wenngleich er den Stift seltsam halte, könne seine eigene Schrift lesen, sich Dinge notieren, die er beobachtet oder die ihm einfach so in den Sinn kommen, einfach so. Nur für andere seien die Striche, die er auf dem Blatt hinterlasse, unentzifferbar und hässlich. Der Graphologe, so Tschepucha, sei wenig begeistert gewesen und habe Osman wieder fortgeschickt.

Nastja an meiner Seite schläft immer wieder ein, irgendetwas zwingt sie in den Schlaf. Ich bin darüber eigentlich ganz froh, fühle ich mich doch sowieso unfähig, sie angemessen zu unterhalten. Im Schlaf aber schreit sie immer wieder und ihre Schreie stören uns alle. So ist die Erzählung Tschepuchas immer wieder unterbrochen von den Schreien Nastjas, die im Schlaf offenbar Alpträume hat, von mir aber weder aufgeweckt noch zur

Ruhe gebracht werden kann. Langsam aber beginne ich auch Tschepuchas Erzählung über Osman als eine nicht endende Kaskade solcher Schreie zu empfinden. Nicht nur kenne ich das Ganze ja schon, auch entspricht seine Darstellung nicht der Wahrheit, an die ich mich zwar nicht genau erinnern kann, von der ich aber weiß, dass sie anders aussieht. Tschepuchas wildes, recht selbstbezogenes Gebrüll versuche ich zu verdrängen und muss der Geschichte dahinter doch zuhören, um nicht noch verlorener zu sein an diesem unwirtlichen Ort, dem langsam auseinanderfallenden Gehäus der Alten. Eigentlich aber interessiert mich mehr, ob die Alte nicht irgendetwas zu sagen hat, doch sie schweigt noch und stößt nur von Zeit zu Zeit einige Flüche aus.

Osman, so Tschepucha, habe noch etwas Schönes kaufen wollen. Er habe in Armenien nicht mit leeren Händen ankommen wollen, habe aber nichts gefunden. Alle Dinge seien sich so ähnlich und so zahlreich gewesen, nichts habe herausgestochen oder sei ihm in die Augen gefallen. Dinge ohne Geschichte, glänzend neu und doch von Beginn an verbraucht, wie aus Staub gebaut, ohne Sein, für den schnellen Tod hergestellt. Diese Dinge waren wie Kristalle, ohne Leben und ohne Geschichte, gläsern und in glänzende Kleider aus Plastik gehüllt, dahinter meinte das Wesen des Dings durch einen luftleeren Raum hindurch unverstellt auf seinen Gast zu blicken, Dinge ohne Gesicht, nur mit Augen. Wie ausgesogen von den starrenden Blicken dieser leeren Dinge bin ich in einen Supermarkt gegangen, um meinen Körper wiederaufzufüllen, aber die Musik im Supermarkt hat meinen Kopf nur dröhnen gemacht. Eilig habe er etwas kaufen wollen, aber nichts gefunden, er sei ganz ohne Mitbringsel zum Flughafen gegangen, so Tschepucha, mit leeren Händen nach Armenien abgereist.

Um dem Arbeitsamt zu entgehen, und auch um herauszufinden, woher er die spärlich nachwachsenden, dunklen krausen Haare wohl habe, das runde Gesicht, den kurzen Wuchs, sei Osman nach Armenien gegangen, sagt Tschepucha, der schmal ist und hoch. Eigentlich war es *keine Idee*, nach Armenien zu gehen, eigentlich war mir in diesen Tagen *keine wirkliche Idee* gekommen, sodass ich beschloss, das Unbehagen fortzutragen, indem ich mich in eine Maschine setzte, die, wie mir schien, irgendwo herumstand und mich mitnahm dorthin, wo ich schon immer einmal hinwollte. Der Himmel war bewölkt, die Luft trüb, der Horizont fehlte und es schien schon seit langem gleich zu regnen anzufangen, als ich die Treppe hochlief, um ins Flugzeug zu steigen.

Mittlerweile ist der Sohn der Alten nach Hause gekommen und beobachtet mich, hinter mir stehend, stur, gelegentlich streifen sogar seine Arme meinen Kopf. Nachdem es anfangs ganz gut ging, fällt es mir nun nicht leicht, weiterzuschreiben, mit seinem starren Blick im Nacken, unter dem Blick des Sohnes, der nichts versteht, aber alles beobachtet, weil ihm langweilig ist. Diesen Sohn kenne ich bereits einige Tage und ahne, dass ihm seine ständige Präsenz, seine Gewohnheit, mir mit vorgetäuschter Beiläufigkeit überallhin zu folgen, schwer auszutreiben ist. Er starrt auf meine Papiere, als ginge da etwas Besonderes vor sich, und kann doch nichts verstehen, die Sprache nicht, würde ich ihm das Geschriebene vorlesen, die Schrift nicht, nicht einmal die Buchstaben kann er lesen, nichts versteht er beim Blick auf die vor dem brummenden und leuchtenden Rechner liegenden Papiere. Der Sohn stört, raubt mir Kraft und Konzentration, lenkt mich ab vom Belauschen der Geschichte, die er doch verstehen muss, die ihn doch interessieren könnte, mehr als mein Geschreibsel zumindest. Zugleich aber denke ich mir, es könnte auch helfen, es könnte die Qualität meiner Mitschrift heben, wenn ich sie unter erschwerten Umständen verfasse, welche Körper und Geist zwingen, sich in einen Zustand erhöhter Konzentration zu versetzen, dem auf meinen Schultern lastenden Blick zu trotzen durch ein heiteres Gemüt und zugleich die notwendige Besessenheit, Entschlossenheit, Unabdingbarkeit. Trotzdem kann ich die in mir wachsende Traurigkeit nicht vermeiden, die fast körperlich entsteht durch die Anwesenheit der vielen Menschen in dem kleinen Raum, vor allem durch den furchtbaren Sohn.

Osman schweige über Armenien, sagt Tschepucha. Von dort aus jedenfalls sei er in die Kalmückensteppe geraten, und zwar durch den Fund der vierbändigen *Nomadischen Streifereien*, den *Briefen aus der Kalmückensteppe*, die Osman in einem deutschen Haus in Armenien gefunden habe. Osman sei auf die Idee gekommen, dass seine Urururgroßeltern vielleicht im Zuge von Krieg und Gefangenschaft über die *große Tatarey* nach Deutschland gewandert sein könnten. Osman habe, so Tschepucha, dieses unendlich lange und für viele langweilige und nur für wenige je zu gebrauchende Werk sicher nicht ganz gelesen, ja nicht einmal halb. Schon auf den ersten Seiten habe er sehen können, dass der Autor selbst wusste, dass sein langwieriges, mühselig zu lesendes Werk *den Lesern wenig Unterhaltung gewähren* würde, vielleicht auch deshalb, weil niemand hätte sagen können, was es eigentlich für ein Buch, was für eine Art von Buch es war, der Autor habe im Grunde ohne Adressaten geschrieben, so Tschepucha. Ohne Adressaten zu schreiben jedoch sei alles andere als leicht, führe meistens dazu, dass diejenigen, die ohne Adressaten schrieben, gar nicht erst begönnen, bei anderen hingegen dazu, dass sie nicht mehr aufhören könnten, auf der Suche nach einem Gegenüber. Viel interessanter als Osmans Wurzelsuche, seine genealogischen Hoffnungen, die auf jeden Fall sinnlose Hoffnungen sein müssten, so Tschepucha, sei der Inhalt der *Nomadischen Streifereien*, dieser großen Verteidigungsschrift der Kalmücken, die sich dagegen wehre, dass die Kalmücken immer nur als Mücken, als gefährliche, in großen Schwärmen auftretende Stechmücken wahrgenommen werden und viel zu selten als die *intelligiblen Individuen* und *freundlichen Einzelpersonen*, die sie immer schon waren. Die Europäer hätten, so Tschepucha, in den Kalmücken einen empörenden Hang zur Grausamkeit ausgemacht, gegen welche Wahrnehmung sich der Autor der *Briefe aus der Kalmückensteppe* ehrbar wehre, was Osman gefallen haben muss, solch ein wohlwollendes Urteil über seine Vorfahren zu hören, erzählt Tschepucha. Dieses Buch, so Tschepucha, irre sich wohl allein in der Überzeugung, es habe die Kalmücken jemals einer ernsthaft angegriffen und nicht nur, was schlimmer sei, im Vorbeigehen beleidigt. In der Geschichte der Kalmücken habe Osman Hinweise darauf gefunden, dass seine Vorfahren auf dem Weg von Armenien nach Europa einen Umweg gemacht haben könnten, und sich entschlossen, diesen Umweg versuchsweise nachzuverfolgen. Er sei hierher gekommen, um die Gegend kennenzulernen, von der er glaube, sie sei die vorübergehende Heimat einiger seiner Vorfahren gewesen, die einen fast bis zum Ural reichenden Schlenker gemacht haben müssen, wie Osman festgestellt habe beim Studium der armenischen Unterlagen und Berge. Mittlerweile habe er sich an die Gegend hier ganz gut gewöhnt und sein Vorhaben etwas aus den Augen verloren. Er, Tschepucha, habe ihm dabei geholfen, der Spur seiner Ahnen nicht zu viel Aufmerksamkeit zu schenken, nicht alles auf die Wurzeln zu setzen. Osman streune jetzt nur noch so herum, erkunde das Land, befasse sich mit einigen größeren und kleineren Projekten, habe mit dem Gedanken gespielt, eine Karte des Gebiets zwischen Udmurtien und Jakutien anzufertigen, und werde sich nun auf die Fischerei besinnen, habe sich von der Fischfabriksidee, dem Fischfabriksgedanken anstecken lassen, erzählt Tschepucha der Alten, die sich dafür jedoch kaum interessiert.

Die Alte starrt grimmig in ihre Suppe, rührt, schneidet, lächelt manchmal gezwungen zu Nastja hinüber und schreit ab und zu ihren Sohn an, wobei sie über ihre Nachbarn und Untermieter schimpft.»Banditen, Halsabschneider«, diese Worte wiederholt sie immer wieder und wirft sie in die Atempausen der langen Sätze Tschepuchas. Von Zeit zu Zeit nimmt sie auch ein Nösel Wasser aus dem Hahn und schüttet es zum Fenster raus, als ob da jemand säße und darauf wartete oder als ob sie den am Haus arbeitenden Handwerkern eine Erfrischung verschaffen wollte oder auch nur um den Hahn zu säubern. Tschepucha macht dann, wenn sie sich mit der Kanne Wasser in der Hand zu uns umdreht und ihr fetter Arm über unser aller Häupter hinweg zum Fenster rauscht, immer eine kurze Pause, bis sie uns wieder den Rücken zugewandt hat.

Osman habe, so Tschepucha jedoch weiter, in der Kalmückensteppe angekommen, seinen Namen geändert. Die Namensänderung zu beschließen, sei für Osman, der seit einiger Zeit die Angewohnheit nicht mehr ablegen könne, sich ständig am Kopf zu kratzen, nicht einmal sonderlich schwer gewesen. Die Namensänderung sei ihm notwendig geworden, da er die Form der Diskriminierung, die in der unrechtmäßigen, behördlichen und persönlichen Bevorzugung gegenüber den anderen lag, sobald er seinen Namen nannte und sich auf verwunderte Nachfrage als Deutscher auswies, nicht mehr habe ertragen können. Seinen vorherigen Namen zu vergessen sei ihm nicht leicht gefallen. Jetzt aber denke er kaum noch an ihn und empfinde den früheren Namen als fremd und unbrauchbar. Er habe seinen Namen fast vergessen, nicht nur, indem ein neuer den alten verdrängt habe, sondern auch aus ehrlicher Abneigung und aufgestautem Überdruss gegenüber dem alten. Dieses schon fast gelungene Vergessen des eigenen Namens sei für Osman das Einzige, was er in den letzten Monaten erreicht habe.

Tschepucha hat wohl mein Räuspern gehört, denn er fährt fort, Osman wolle darüber heute nicht mehr sprechen, aber das ist Tschepucha egal, er blickt etwas grimmig über die Schulter dorthin, wo ich sitze, sieht mich aus dem Augenwinkel an oder knapp an mir vorbei. Als Deutscher in mittlerem Alter, von mittlerer Hautfarbe, kurzem Wuchs, mit großen Ohren, krummer Nase, habe Osman beim Anblick seines Passes beschlossen, dass sich etwas ändern müsse, etwas Grundlegendes. Ob es der gleiche Osman gewesen sei wie jetzt, fragt die Alte, und Tschepucha antwortet ja, der gleiche wie jetzt, nur der Name sei ein anderer, jetzt Osman, früher einer, den Tschepucha nicht nennen könne, weil Osman ihn weder hören noch aussprechen wolle, da er Angst habe, der Name käme zurück, wenn einer ihn ausspräche. Dabei habe dieser alte Name mit der alten Geschichte keineswegs ein ordentliches, ihr gemäßes Ende, keinen Abschluss gefunden, sondern stehe offen, sei wie abgerissen und verwundet, sodass er, Tschepucha, das dringende Bedürfnis verspüre, die Geschichte zum Ende zu bringen, ihr zu einem Ende zu verhelfen, da er Osmans Vergangenheit, von der ihm dieser nebenbei berichtet habe, in Fetzen, zusammenhangslos, unwillig, auf dem Herweg, nicht ganz vergessen und verstehen könne. Osman sei hergekommen, wohl schon nicht mehr nur, um die Spur seiner Vorfahren zu verfolgen, sondern auch um irgendetwas in die Hand zu nehmen, und als er ihn, Tschepucha, getroffen habe, sei schnell klar gewesen, dass die am anderen Ende des Landes, am Nordzipfel des Japanischen und am Südzipfel des Ochotskischen Meeres brachliegende Fischfabrik ein gutes Ziel wäre.

Tschepucha kennt sich gut aus mit Fischen. Er weiß sie nicht nur auszunehmen und zu säubern, ihren Hals durchzuschneiden, das Herz elegant, aber gewaltsam vom Kopf zu trennen, er kennt die ganze Anatomie der Fische und auch die Gerätschaften, mit denen man sie in großen Mengen fangen und verarbeiten kann, er kennt sich sogar mit dem Trocknen der Fische und mit dem Extrahieren ihres Geruchs für Fischchips, Fischsoße, Fischkaugummis aus. Er hat mir alles erzählt, auch von den Konservierungsmethoden, so viel und so glaubhaft, dass mir das Ganze verlockend scheint, eine gute Aussicht darauf, wieder etwas Vernünftiges zu tun und auch den an der Küste arbeitslos gewordenen Urvölkern zu helfen. Ich bin froh, dass wir uns einander angeschlossen haben.

Die Alte, die ich schlechter verstehe als Tschepucha und deren Zwischenrufe er mir nur gelegentlich übersetzt, fragt, warum sich Osman so einen Allerweltsnamen ausgesucht habe, und Tschepucha antwortet, Osman würde dem sicher widersprechen, er empfinde den Namen als schön, der neue Name habe etwas Antikes für ihn und er fühle sich durch ihn mit der Würde ausgestattet, die er für sich beanspruche. Osman sehe sich nun aufgrund seines neuen Namens aber allerlei Hindernissen ausgesetzt. Habe er vorher unter der Bevorzugung gelitten, so seit einiger Zeit unter der Benachteiligung. Wenn er sage, dass er aus Deutschland komme, glaube man ihm nicht. Auch wenn er seinen Pass zeige, blieben die Menschen skeptisch. Die meisten seien überzeugt, in ihm einen Armenier zu erkennen oder einen Turkmenen oder ähnliches, und dächten sofort, er habe den ohnehin veralteten Pass gefälscht. Er müsse sich also auch äußerlich verändert haben, und tatsächlich, wenn er in den Spiegel schaue, empfinde er sein Gesicht als noch runder, sagt Tschepucha. Osman gelinge es immer erst nach einigen Unterhaltungen, indem er eine vornehme Bildung vortäusche, ein feines Gesprächsverhalten und höfliches Benehmen, die Sympathie der Menschen auf sich zu ziehen und sie davon zu überzeugen, dass er wirklich von Deutschland herkomme, denn die meisten seien der Überzeugung, dass man dort eine vornehme Bildung erfahre, wie Osman herausgefunden habe. Erst dann würden sie genauer auf das Passbild schauen und bräuchten trotzdem noch lange, um eine entfernte Ähnlichkeit zwischen ihm und der Fotografie zu erkennen. Osman habe von Deutschland genug gehabt, darum sei er zuerst nach Armenien, dann hierhergekommen, er habe es nicht mehr ertragen können, auch nicht, durch Namen und Akzent an das Vergangene erinnert und hofiert zu werden. Um jedoch dem Rassismus zu entgehen, müsse er die ihm zugesprochene turkmenische Identität widerlegen, indem er den Deutschen spiele, den er erst habe lernen müssen, hier bei den Kalmücken und Samojeden, so Tschepucha.

Ich für meinen Teil kann sagen, dass ich Armenien mit Erleichterung verließ, auch mit der Erleichterung, nichts entdeckt zu haben. Bei den Kalmücken sah ich gleich, dass ich mit ihnen nicht verwandt sein konnte. Beim Warten auf die Bahn, in der Kälte, mit leerem Bauch, weil mir die Krabbenchips nicht schmeckten, die alle aßen, zweifelte ich. Dann traf ich Tschepucha, der mich fortriss. Er schien mir von Beginn an eine zugleich fragwürdige und liebenswürdige Person, war mir sofort sympathisch, auch seine Fischfabriksidee hat mir gleich gefallen und ich habe sie übernommen. Tschepucha wollte mir jedoch zuerst den Norden zeigen, damit ich etwas abkühle, wie er sich ausdrückte. Wir nahmen Nastja mit, die vor einer veralteten Karte der Sowjetunion stand, auf irgendeinen Bus wartend, der offenbar nicht mehr kam, und für die wir Mitleid empfanden. Nastja fehlte ein Arm. Mit dem anderen Arm spielte sie die ganze Zeit mit einem Telefon, gelegentlich schien sie tatsächlich zu telefonieren, wenngleich wir nicht wussten mit wem. Wir überlegten, wohin wir uns wenden konnten, welchen Weg wir einschlagen sollten, um ihr den Empfang zu nehmen, da wir sie beneideten. Als wir Nastja fanden, nicht um Hilfe schreiend, aber mit einem Gesicht, das ihre Verlorenheit zum Ausdruck brachte, verstanden wir, dass wir sie gemeinsam retten konnten, und beschlossen, ihr den Mund zuerst zu putzen, dann zu verbinden, damit sie nicht anfangen würde zu schreien, alle Aufmerksamkeit auf sich lenkend, die wir für uns beanspruchten, bis wir angekommen wären, hier oben.

Tschepucha hat mittlerweile den Faden verloren und bringt nur noch einzelne Ausrufe ohne logische Verknüpfung hervor. Diese Gelegenheit hat die Alte genutzt, um selbst zu sagen, was sie zu sagen hat, wobei sie nicht erzählt, sondern flucht. Diese Banditen, schreit sie, könne sie durch die Wände riechen, weshalb man die Wände abreißen müsse. Diese Biester, irgendwann werde sie zum Europäischen Gerichtshof für Menschenrechte gehen, brummt sie, und ich sage ihr, das sei wohl kaum möglich. »Alle liegen sie unter der Erde«, brüllt sie, wenn ich es richtig verstehe, denn Tschepucha vergisst, mir auch die Kleinigkeiten zu übersetzen, was ein Graus, sie sei eine »Einzelperson«. Tschepucha dagegen sagt, Osman finde, man suche eifrig jede Gelegenheit, den andern zu verdrießen und aus der Fassung zu bringen. Ihm aber sei die Lust dazu vergangen, darum sei er aufgebrochen, fast ohne Ziel, vielleicht etwas südlicher. Die Alte sagt, auf die Wand starrend, es sei komisch, sie werde von Tag zu Tag dümmer, aber die Erinnerungen kämen in Scharen, auch an Ereignisse, bei denen sie gar nicht dabei gewesen sei, wie im Wald nach der Schule die Vernichtung des Gesichts ihres Bruders, den sie Faschisten nannten. Mitten aus dem akzentfrei sprechenden Mund habe man ihm die Zähne geschlagen, »Totengräber«.

Das Zimmer der Alten ist Küche, Wohn- und Schlafzimmer zugleich, ein einziger Flur, der in eine andere Welt führt, ins

Freie. Es ist klein, ja eng, es kommt mir vor, als könnte ich mich nicht einmal umdrehen, wohin ich mich wende, überall stoße ich etwas um oder schlage an eine Kante, unwahrscheinlich, dass wir uns zu viert darin befinden. Die Alte schläft darin, isst darin, kocht und wäscht darin. Aus den Ländern ohne Horizont kommend sei in Osman, der damals noch anders hieß, eine schon in der Kindheit wilde, verschüttete Sehnsucht zurückgekehrt, erzählt Tschepucha der Alten von Osman, dem Ausgewanderten, und versucht sich dabei hin und wieder nach mir umzusehen, kann aber seinen Hals nicht weit genug drehen, manchmal zeigt er mit dem Finger auf mich, als wäre ich ein Baum im Blick eines Botanikers. Ich lächle der Alten zu, sehe aber, dass sie sich nicht für mich interessiert, ich dagegen höre ihr aufmerksam zu, wenngleich ich sie kaum verstehe. Tschepucha übersetzt mir nur das Nötigste, nämlich, dass den in der Darstellung der örtlichen Berichterstattung täglich größer werdenden Auswanderungswellen aus der Bundesrepublik im Fernsehen viel Aufmerksamkeit zuteil werde. Die Deutschen gingen immer fort, um andernorts ihr Glück zu suchen, aber sie würden, wie damals von Katharina, in die Irre geführt, sagt die Alte, vor allem, wenn sie hierherkämen. Halbleer müsse das Land ja schon sein bei so viel Auswanderung, warum dürfe sie dann nicht kommen? Sie habe alles versucht, so die Alte, habe sich auf der Botschaft durchgekämpft, eine Freundin habe sich verkleidet, die Haare gefärbt, die Augenbrauen gezupft und den Sprachtest für sie bestanden, alles sei bereits in trockenen Tüchern gewesen, doch dann, als man entdeckt habe, dass der Vater gedient hat, dass der Vater mitgeholfen hat, den Hitler umzulegen, sei eines Tages ein Mann gekommen und habe gesagt, es sei kein Platz mehr. Man solle, entgegnet Tschepucha der Alten, das nicht so ernst nehmen, was da gesendet werde, das Fernsehen übertreibe gerne, wolle doch nur seine Zuschauer behalten, so raunt er der Schimpfenden zurück, die seit Jahren mit der Botschaft in Briefkontakt steht, ihr alle Dokumente und Fotografien schickt, die sie findet, Lebensläufe einzelner Verwandter beschreibt und auf Antwort wartet, welche sie hin und wieder erreicht, manchmal kommt ein Brief zurück, irgendeine administrative Meldung oder ein Dankeschön. Die Alte sagt »schade«, es sei schade, dass Osman hierhergekommen sei. Es sei überhaupt nicht schade, entgegnet Tschepucha, Osman habe dort gemerkt, dass er nichts hatte, was er entblößen könnte, deshalb sei er hergekommen, so habe er es ihm erzählt, sagt Tschepucha.

Mörder, sagt die Alte, die einen Bart trägt, der verdammte Denkmalschutz, so die Alte mit dem fleischigen Gesicht und den schmalen Augenbrauen, das Denkmalschutzamt schmeiße sie schon wieder aus dem Haus, dem schönen, alten, von der Familie selbst gebauten Haus. Die Banditen von Nachbarn, erklärt mir Tschepucha, haben den Denkmalschutz bestochen. Dabei müsste sie selbst unter Denkmalschutz stehen, sagt die alte Deutsche mit den kurzen, rot gefärbten Haaren, die nie Deutsch gesprochen hat, und zeigt auf die Fotos ihrer Verwandten, von denen ein riesiger Stapel neben ihr liegt, in dem sie nun gelegentlich zu kramen angefangen hat, während daneben die Suppe köchelt. Auf der Rückseite der Fotos sind die deutschen Namen mit Tinte verzeichnet, daneben von der Alten mit Bleistift in schlechtem Deutsch hinzugefügt, in welchem Verhältnis sie zu ihnen steht, so wie »Schwester mein Fater«. Sie rührt kräftig in der Suppe, wurstelt nebenbei in den Fotos herum und sagt, sie suche ein Foto von einem Onkel, von dem sie glaube, er sehe Osman verdammt ähnlich. Ihre Goldzähne zusammen mit den roten Haaren und den hauchdünn gezupften Augenbrauen lassen sie noch älter aussehen, als sie eigentlich ist.

Erst nach Kasachstan in die Steppe, aus der Steppe nach Charkov, von Charkov nach Bogotol, dann zurück ins väterliche, in das noch unter Katharina gebaute Haus, jetzt die Zwangsaussiedlung, »Hurenstaat«, sagt die Alte. Diese Handabschneider hätten immer alles genommen, hätten dem Bruder im Wald das Gesicht verstümmelt, sagt sie, die noch weiterreden würde, könnte Tschepucha nur davon ablassen, sie zu unterbrechen, indem er fortfährt, Osman, der schon immer Probleme mit dem Denken habe, sei nicht hoffnungsvoll, aber mit einer gewissen Erleichterung übergesiedelt. So ringen Tschepucha und die Alte um die Redehoheit, während ich und Nastja und Tschepucha, der uns hier bei der Alten vorübergehend untergebracht hat, uns gelegentlich in die Augen schauen, um zu sehen, ob alles in Ordnung ist, wobei ich Tschepuchas Augen nur durch einen kleinen Wandspiegel erblicken kann, mich nach links beugend.

Alle sind weg, sagt die Alte, in Bogotol, in der Verbannung, wo es ihnen gefallen habe, wo sie geblieben seien, sie hätten sich daran gewöhnt, alle seien fortgegangen, unter die Erde oder nach Deutschland, nur sie sei vergessen worden, übriggeblieben, habe sich nicht von der Stelle bewegt, »so leben wir«. Die Alte wird allmählich etwas gelb beim Reden, man sieht ihre goldenen Zähne, die sie als offizielle Rehabilitierung für die jahrzehntelange Schikanierung ihrer gesamten angeblichen Faschistenfamilie erhielt, sie kaut auf einem Stück Fleisch herum und gibt gelegentlich Nastja, nach deren Mutter wir suchen, etwas von dem Vorgekauten. Seltsamerweise kommt bei Nastja, nachdem ihre ersten Zähne abgefallen, rausgewachsen sind, kaum etwas nach. Drei, vier dünne, schief in die Weite des runden Mundes stehende Zähne, mehr nicht. So muss die Alte ihr das Fleisch vorkauen. Wir wissen nichts über Nastjas Volkszugehörigkeit. Sie hat behauptet, sie würde Moto heißen, am Anfang, als wir sie trafen, sagte sie nichts anderes als »moto, moto« und Tschepucha, dem Freizeitethnographen, fiel ein, dass Moto ein jakutischer Name ist. Er sagte, sie müsse eine Jakutin sein, oder, noch wahrscheinlicher, eine Kreuzung zwischen einer Jakutin und etwas anderem, denn so ganz und vollständig jakutisch sehe sie nicht aus. Das verstand ich nicht, »was hat«, sagte ich, »der Name mit ihrer Herkunft zu tun?«. Sie könne doch auch eine Armenierin sein mit einem jakutischen Namen, woher solle man das wissen. In der Tat, stimmte Tschepucha zu, kaum einer, nur Hochstapler könnten sich ja selbst taufen. Bei den Chakassen etwa dürfe der Fremde, der das Neugeborene als Erster besuche, das Kind auch benennen. Der Name komme immer von einem Fremden, selbst wenn niemand auftauche und der Vater nach ein paar Tagen seinen eigenen Namen hergeben müsse, sei es noch immer ein Fremder, dagegen lasse sich sowieso nichts machen. Niemand habe also eigentlich seinen eigenen Namen, darum bräuchten sich auch die Völker nicht beschweren, wenn man ihnen einen neuen Namen gebe, so Tschepucha, warum sich wehren gegen eine gut organisierte und in einem speziell dafür zuständigen Büro unter Berücksichtigung aller moralischen Feinheiten ausgebrütete Umbenennung? Wir einigten uns dann darauf, Moto von nun an Nastja zu nennen, genauer: Anastasja Emeljanova

Kostikova, kurz: Nastja. Manchmal nennt Tschepucha sie auch nur »die kleine Kostikova« oder einfach »die Emeljanova« oder »Moto Kostikova«. Sie sitzt jetzt in der Ecke und malt ein Schild, ein Verkehrsschild, das ich ihr vorgezeichnet habe, das wir später aufstellen wollen, worauf zu lesen sein wird: »Hier endet Europa, endlich«. Ich habe es nämlich satt, was ich schon im Kaukasus merkte, dass die Grenzen von Europa und Asien ständig verschwimmen, sodass man nie weiß, wo man gerade ist.

Erst jetzt bemerke ich, dass die Alte beim Kochen, während Tschepucha erzählt, zu summen angefangen hat, ganz leise summt sie mit hoher Stimme eine Melodie vor sich hin und mir ist nicht klar, wie lange ihr Summen schon dauert, das nur von gelegentlichen Flüchen unterbrochen wird. Tschepucha kann es nicht wirklich bemerkt haben, denn ohne seine einzige Zuhörerin würde er bestimmt nicht weitererzählen, ich kenne die Geschichte ja schon. Er redet noch immer von Zeit zu Zeit und behauptet jetzt, Osman denke, es sei etwas langweilig geworden, aber sicher fühle man sich auch nicht, weder sicher noch unsicher, sicher und unsicher zugleich.

Wie an den Geräuschen lauter werdender Bauarbeiten zu hören ist, wird von außen bereits allmählich das Dach abgenommen. Wir würden, sagt die alte Fluchende, wenn die Suppe fertig sei, alleine dastehen, ohne Dach. Sie sagten, sie würden das Haus unter Denkmalschutz stellen, aber in Wahrheit würden sie es austauschen wollen, ein Plastikhaus hinstellen, eine Attrappe, »fick deine Mutter«, so die Alte. Tatsächlich hat die unter dem Vorwand, das Heizungssystem auszutauschen und die Aussiedlung vorzubereiten, erschienene Kommission streunender, sich unvorhersagbar bewegender Jugendlicher bereits

von allen Seiten Löcher in dem dicken, aber morschen Wand-
holz hinterlassen, sägt weiter mit schwerem Gerät an den Hei-
zungskörpern herum und sprüht den Eisen- und Holzstaub ins
Innere des Zimmers. Gerüche aus der Heizung und der Gestank
des zersägten Metalls haben sich ausgebreitet, wir fühlen uns,
als säßen wir im Freien. Die Toilette hat sich, seit ich hier bin,
immer mehr in die Ecke verschoben, ich verstehe nicht, warum
sie überhaupt noch funktioniert. Die Alte hat die Klotür mit
einer Zange verriegelt, sie meint, das ständige Klopfen der im
Keller Einquartierten deute darauf hin, dass sie sich ein Loch
bohrten, um in die Wohnung hochzusteigen und sie unbemerkt
auszurauben. Überhaupt hat die Alte eine kaum vorstellbare
Verriegelungsmanie, ein Dutzend schwerer Stahlschlösser hängt
an allen Türen. Manchmal sprüht Wasser aus einem Rohr, wir
rufen einen der Arbeiter herbei, der es dann wieder verschließt.
Um sich nicht bücken zu müssen, wischt die Alte den Boden mit
einem um die Füße gewickelten Lappen. Dann nimmt sie wieder
mit der dicken, fettigen Spitze ihres Fingers von dem dunklen,
grobkörnigen Salz aus einem großen Eimer und wirft es in den
köchelnden Topf.

Sie schneidet den Kohl, wirft einige Blätter in die Suppe,
taucht ihre fettigen Finger ins Salz und immer noch frage ich
mich, was ich tun werde, wenn die Alte die Suppe versalzt, denn
ich trage schon lange einen kaum stillbaren Hunger mit mir
herum. Tschepucha sagt, Osman berichte, es gebe dort vorerst
nichts mehr zu tun, aber ich kann mich kaum auf seine Erzählung konzentrieren, weil ich die kochende Alte überwache, kon-
trolliere, aus Angst, sie könnte einen Fehler machen, obwohl ich
das Rezept nicht kenne. Beim Belauschen des Gesprächs von

Tschepucha und der Alten, im Herzen einer Baustelle sitzend, vielleicht noch in der Wohnung, vielleicht schon außerhalb, am Rande des westsibirischen Tieflands, beobachte ich ihre Handlungen, und schon länger fehlt mir in ihrem Schnippeln, Streuen, Waschen, Reiben, dem tiefen Ausatmen zwischendurch, dem Rühren und Schütteln jede Zielgerichtetheit.

Das Gespräch zwischen Tschepucha und der Alten nehme ich zunehmend als Lärm wahr: die in der Frequenz weit auseinanderliegenden Stimmen der beiden, das dunkeldüstere Raunen der Alten gegen das hohe Plappern Tschepuchas, ihr Summen, wenn Tschepucha redet, das Radio, das Sägen und Hämmern der Arbeiter, nur noch Geräusche, immer die gleiche sich wiederholende Vulgärsprache, die gleichen Unworte, die keine vollständigen Worte sind, sondern sich auf einzelne Silben und Laute verengen, auf einzelne Buchstaben reduzieren. Im rohen Läuten der Phoneme, denke ich mir, ist der ganze Hass vergraben und kann unendlich oft herausartikuliert werden. Ich habe die Alte gebeten, das Radio auszustellen, das mich schon länger stört, jetzt erst recht, ich würde gerne ihr sich zwischen den Flüchen fortsetzendes Summen besser hören, denn mir gefällt die Melodie und auch die zarte Stimme, die sie dann plötzlich hat, aber sie antwortet: nein, sie möge es so, ein bisschen das Radio nebenher laufen zu haben, in Begleitung des Radios zu kochen, das aufgeregte Gerede der Sprecher im Nacken. Vermutlich geht es darum, mit den vielen Geräuschen die größer werdenden Löcher in den Wänden auszufüllen.

Nastja steht mitten im Leben, sagt Tschepucha. Er versucht die Alte mit seinen unzusammenhängend eingestreuten Sätzen vom Reden abzuhalten, doch die Stimme der Alten ist viel kräftiger geworden und scheint gar nicht mehr auf uns zu achten, so beschäftigt ist sie mit ihren lauten Gedanken. Sie führt nun die Geschichte von ihren Nachbarn weiter, ihren früheren Untermietern, der Herkunft nach Schorzen, die nach vielen Jahren einfach die Tür nicht mehr aufgemacht, sie übertapeziert und sich einen neuen Hauseingang auf der anderen Seite gebaut hätten. So und mit ihren ständigen Renovierungsarbeiten hätten die Schorzenmieter den linken Teil des Hauses geklaut, mittlerweile mit ihrer sich rasant vergrößernden Familie auch den Keller bevölkert. Sie habe nichts dagegen machen können, dass die Schorzen einfach anfingen, von allen Seiten das Haus umzubauen, zu ergänzen, zu zerteilen, hier ein neuer Aufgang, dort eine neue Tür, hier noch ein Keller, und nun behaupteten sie, das Haus sei das ihrige. Ja es scheint noch ärger zu sein, denn die unter ihr im Keller wohnenden Leute behaupten angeblich, die Alte würde sie ersäufen, mit heimlich durch die Wände abfließendem Toilettenwasser zu Grunde richten, und stürzten mit diesen Vorwürfen nur sie selbst, die Alte, die sich zu sterben weigert, ins Verderben. »Ich bin allein«, so die Alte, und sie: Banden, Schurken, die längst hinter Gittern sitzen müssten. Sie habe schon wiederholt geklagt gegen die Gauner nebenan, die Drogenhändler. Im Gericht aber hätten die Richter die Entscheidung so leise vor sich hin gemurmelt, dass sie nichts verstanden habe. Aus dem Gesicht der hinterhältigen Schorzenmutter habe sie lesen können, dass alles gut gegangen sei. Aber passiert sei bisher nichts. Alle steckten unter einer Decke. Sie müsse ihr Recht verteidigen. Alle würden über sie herfallen. Die Alte kommt immer wieder auf ihren Plan zurück, zum Straßburger Gerichtshof zu gehen und dann hätten die Schorzen bei ihr ein Leben lang Schulden. Ihre Eltern seien anständige Leute gewesen, hätten sich nirgendwo etwas genommen und deshalb sei die Familie eben nicht reich, sie habe nichts, vor allem nichts herzugeben. Vor allem jetzt nicht, denke ich mir, denn Tschepucha hat mir bereits erzählt, dass die Alte glaubt, an der Erderwärmung zu leiden, an dem durch die wärmeren Winter schlechter werdenden Mützengeschäft, in dem sie tätig ist. Die Mützen werden auf dem Markt gekauft von Bauern, die selten in die Stadt kommen, die zur Vorsicht und um einen Vorrat zu haben eine Mütze mitnehmen. Noch viel mehr aber, das sehe ich jetzt, klagt sie über einen geheimnisvollen Dritten, der im Bad an einem Hahn gedreht hat, sodass die Luft aus den Röhren strömt. Das spiele, sagt die Alte, ihren Feinden in die Hände, den Schorzenmietern, wenn die Experten, die Kanalisationsexperten, die sanitäre Untersuchungskommission das nächste Mal komme.

Ich finde die Geschichte der Alten eigentlich ganz interessant. Ihr Leben sei weder schlecht noch gut, so die Alte, aber ein bisschen mehr hätte sie sich schon erwartet. »Warum soll man überhaupt froh sein?« Tschepucha übersetzt mir nicht alles im Detail, macht riesige Pausen, von der Lebensgeschichte der Alten verstehe ich oft nur »So war das« und »So ist die Zeit vergangen«, dabei gibt es mehr Interessantes von ihr, wie ich langsam merke, Tschepucha sollte endlich aufhören, uns so gewaltig zu bereden, uns mit der anderen, alten Geschichte zu belasten. Das gelegentliche Stottern und Stillstehen seiner Rede versuche ich zu nutzen, um die Alte auszuhorchen, mich genauer nach ihr zu erkundigen, aber das fällt schwer, denn Tschepucha versucht dagegen anzusprechen und erzählt, Osman finde, es falle unheimlich schwer, sich einander ein gutes Wort zu meinen. »Sie liegen alle unter der Erde«, sagt die Alte dagegen und rümpft die Nase. »Sie langweilen sich dort sicherlich«, setzt Tschepucha hinzu. Die Wände öffnen sich immer mehr, wir sitzen praktisch im Freien. Sie werde bald in ihr evakuiertes Heimatland, ins entvölkerte Deutschland, in den leeren Magen Deutschlands werde sie gehen und die unter der frostigen Erde liegenden Verwandten rächen, sagt die Alte. »Osman aber wird nicht zurückkehren, jetzt, da er mich hat«, sagt Tschepucha. Man habe ihnen, den im 18. Jahrhundert Stehengebliebenen, die Zungen abzuschneiden einfach genossen. »Jetzt kommen auch noch die Chinesen«, sagt die Alte, fasst sich an den Kopf und hebt den Blick. »Gott sei Dank«, erwidert Tschepucha. Osman habe der Versuchung, zu gehen, nicht entsagen können, aber wer könne schon entsagen, ja er kenne nicht einen, der auch nur der geringsten Entsagung fähig wäre. »Er hat einen bösen Blick«, sagt die Alte, finster auf mich schauend. Das müsse so sein, antwortet Tschepucha. »Wir«, sagt die Alte, »haben die Kinder im Stehen geboren.«

Ich weiß: Wenn man durch die Kammer die Treppe hinauf und die niedrige Seitentür öffnend über den Dachboden aus dem Fenster auf das Dach klettert, kann man das ganze Land sehen, kann man bis zum Horizont die ganze Ebene, die ganze Fläche, die ganze Leere sehen, kann endlich einmal nichts sehen als sie, kann sie noch über den Horizont hinaus spüren, die Leere, die etwas grün ist, etwas gelb, etwas Wald, etwas Steppe, dazwischen ein See, Sumpf und Eis im Winter und alles weiß und ununterscheidbar, wie man es sich so vorstellt. Daran dachte ich eben, um mich von dem zermürbenden Gespräch der beiden abzulenken, als sich eine Tür öffnete und ein Quartierant eintrat, der sich im Keller eingemietet hat, ein Samojede.

Im Regionalfernsehen auf dem Kühlschrank läuft ohne Ton ein Völkerfest. »Gott sei Dank können wir das Fest im Fernsehen anschauen und müssen uns nicht in den Schwarm vor die Bühne drängen«, sagt Maltritz, während der Samojede am Herd steht und ein fast quadratisches, von Fett durchsetztes Stück Fleisch, das er sich aus dem Kühlschrank genommen hat, zu zerkleinern beginnt. Die Völkerfeste fänden immer im Frühjahr statt, wenn die Völker blühen wie die Blumen im Süden, sagt Maltritz schmunzelnd, und klopft dem Samojeden freundschaftlich auf die breite Schulter. Eigentlich, das ist mir jetzt endgültig klar, wo ich genauer hinsehe, haben nicht nur meine kranken

Augen Schuld daran, dass ich die Völker auf der Bühne nicht erkenne: Sie sind ununterscheidbar. Die auf einer Bühne im Fernsehen ausgestellten Völker bilden ein schillerndes, lückenloses Mosaik. Auch unter den Zuschauern sind im Grunde nur Fremdstämmige, Uneigentliche, die einzelnen Volksgruppen treten füreinander auf, beklatschten sich gegenseitig. Seltsam, denke ich mir, die feiernden Menschen beobachtend, die unaufhörlich in die Hände klatschen, die Freude und Wärme ihrer Herzen kann nicht zu hören sein aufgrund der Handschuhe. Vielleicht klatschen sie aber auch gar nicht, sondern rudern nur mit den Händen. Welch eigenartige Stille des Jubels, die ich vernehme, weil sie nicht hörbar ist, und die ich sehe in den klatschenden oder rudernden Händen und den strahlenden Gesichtern, denen der Jubelschrei im Hals stecken bleibt, die aber trotz der Kälte übers ganze Gesicht strahlen, denke ich mir vor dem Fernseher sitzend, einige tanzen sogar. So schaue ich auf dem Bildschirm der unfassbaren Stille der Menge zu, die mehr als Abwesenheit von Geräuschen ist, die alles überstrahlt, sich in der Lücke zwischen Sehen und Hören ausbreitet als Fläche. Der lange schneereiche Winter hat meinen Augen geschadet, darum kann ich die Kinder kaum von den Alten unterscheiden, die Männer kaum von den Frauen, die Milizionäre kaum von den Zivilisten, die Traditionellen kaum von den Modernen, die Pferde kaum von den Ponys und die Ponys kaum von den Eseln. Die Figuren scheinen gleichmäßig, bunt und in einer hübschen beweglichen Ordnung. Vor der Bühne hat sich auf jeden Fall nur eine kleine Menge unterschiedlichster Gestalten zusammengetan und versucht, in der Kälte ein Fest aufzustellen durch einige lustige Bewegungen, musikalische Einlagen und überflüssige, aber sympathische Grimassen, und sie scheint die enorme Kluft zwischen dem Hören und dem Sehen gar nicht zu bemerken.

Mit solcherlei Gedanken jedoch lenke ich mich möglicherweise nur ab von der plötzlichen Anwesenheit des Samojeden. Ich kann mich auch noch nicht konzentrieren auf das, was mein Begleiter und Übersetzer Maltritz mir von diesem erzählt, bin in Gedanken noch damit beschäftigt, dass derselbe, als der Samojede gerade das Zimmer betrat, mich gebeten hat, meinen Hut abzusetzen, da der Samojede daran Anstoß nehmen könne, ja wie er selbst habe erfahren müssen, könne einen Samojeden die Unsitte, unter einem Dach einen Hut zu tragen, erzürnen, sagte mir Maltritz, und ich war peinlich berührt und bin noch immer besorgt darüber, dass ich ganz und gar nicht weiß, wie man sich angemessen verhält gegenüber einem Samojeden.

Ich wechsle noch einige Worte mit Maltritz, in der Erwartung, dass der am Herd stehende Einheimische sich zu uns wendet, um mich zu begrüßen, als dieser tatsächlich den Kopf nach hinten dreht. Er nimmt mich kurz in den Blick, ich fülle sein Schweigen mit einigen freundlichen Floskeln, dann dreht er den Kopf wieder nach vorn. Maltritz wäre so nett, mir alles zu übersetzen, was der Samojede sagt. Ob der Samojede gar nichts zu sagen habe, frage ich leise meinen Begleiter, welcher zur Antwort gibt, das sei ganz normal, ich brauche mir keine Sorgen machen, es sei auch von früheren Samojeden berichtet worden, dass sie kaum geredet hätten. Es gehöre sozusagen zu ihrer Lebensart, wenig oder gar nicht zu reden, die Stummheit der Samojeden sei tatsächlich das gewesen, was allen Reisenden zuerst an ihnen aufgefallen sei, man habe immer nur einige Laute vernommen, die man mit Dohlenrufen verglichen habe.

Der Samojede hat mir den Rücken zugewandt, ist jedoch so klein, dass ich alles sehen kann, was er macht, indem ich ihm über die Schulter schaue. Er murzelt das Fleisch mit stumpfem Werkzeug und kocht es in klarem Wasser. Ich frage ihn, ob er Verwandte habe, erhalte jedoch keine Antwort, dafür von Maltritz die Bemerkung, dass sein eigentlicher Stamm, die Matoren, schon länger ausgestorben sei, auseinandergelaufen, zerbröckelt, zersetzt, sich einfach aus den Augen verloren habe. Man habe die hiesigen Völker nämlich, nachdem man sie gefunden habe, zuerst wie eine Herde gehalten und dann wie Kinder regiert, habe sie nicht einmal Steuern zahlen lassen, schimpft Maltritz. Man habe des Samojeden Umherwandern stoppen wollen, habe gehofft, er würde beginnen, fortzuschreiten. Er aber habe nicht die geringste Absicht gehabt, in die Geschichte der Völker einzutreten. Als die Revolution kam, seien seine Hirsche sofort abgehauen, die Revolution habe insgesamt die Halbierung der Hirsche gebracht. Manche hätten ihre Tiere auch selbst massenweise umgebracht, damit man sich nicht mehr für sie interessierte. Andere seien zusammen mit den Tieren immer tiefer in die Arktis hinein gezogen, verwilderten Schutz suchend vor der Rentier-Genossenschaft. Viele der Samojeden, die schon immer eine klassenlose Gesellschaft gehabt hätten, seien also durch die Verstaatlichung der Herden von ihren Hirschen befreit worden. Ohne Hirsche, nackt, seien sie auch in den Süden gegangen, wo es wärmer war. Dort habe man die für die Revolution schönen, aber unbrauchbaren, ja widerwärtigen Samojeden einfach zu versteinern begonnen. Die Samojeden hätten sich mit Hörnern gewehrt. Heute aber, wo manche Rentiermenschen wieder eigene Tiere hätten, frage keiner mehr nach ihnen, kein

Arzt komme, keine Besuche, nichts, und das sei jetzt, mittlerweile, sogar noch schlimmer, so Maltritz. Darum könne er, der vor uns stehende Samojede, sich glücklich schätzen, in der Stadt zu leben. Bei einer neueren Volkszählung habe man ihn, den das Fleisch schneidenden, hinterbliebenen Matorensamojeden, nicht ganz außen vor lassen wollen und darum zu einem anderen Samojedenvolk gezählt, von dem noch ein paar übriggeblieben seien, so Maltritz, man habe ihn einfach auf der Liste hinübergeschoben und er habe sich nicht dagegen gesträubt. Es lohne sich natürlich nicht, nur für ihn alleine eine eigene Gruppe zu führen, sagt Maltritz, während der Samojede am Fenster eine Kerze anzündet, als wolle er dem Gespräch zwischen mir und Maltritz auf die Sprünge helfen. Man habe ihn von der Taimyr heruntergeholt, weil es – so die Regierung – alleine zu kalt sei dort oben.

Früher habe man Absonderliches über die Samojeden erzählt, auf dem Schlitten im Nachwinter *über das mürbe werdende Eis sausend*, das einige Male einbrach, sodass *nicht wenige ersoffen*, habe man die Samojeden in schneller Bewegung am Blickfeld vorbeiziehen sehen, so Maltritz. Man habe die Bewohner des zur Hälfte dunklen Landes die halbe Zeit des Jahres im Winterschlaf wie abgeschaltet im Schnee liegen sehen, zu einem vorherbestimmten Zeitpunkt des Jahres einschlafen und wieder aufwachen, sechs Monate später, mit steifem Rücken und aus der Nase fließendem Wasser, sagt Maltritz, während der Samojede sich bereits ein neues Stück Fleisch nimmt, es in große Stücke reißt und ins Wasser wirft. Ferner aber habe man sich zu dem Wort Samojede, ohne gründlich nach Wurzelwörtern zu suchen, eine ganz falsche Geschichte ausgedacht und angenommen, es käme von »sam sebja est« und heiße soviel wie »sich selbst essen«, darum hätten die Samojeden den Ruf der Selbstesser, derer, die sich selber verzehren, erklärt mir Maltritz. Ich versichere ihm, ich sei natürlich nicht in diesem Glauben, doch davon will Maltritz nichts wissen und fügt sogleich hinzu, statt auf die Idee zu kommen, dass der Samojede etwas mit den Sami zu tun habe, den Lappen, habe man also gedacht, der Samojede sei der Selbstesser, ohne genauere Nachforschungen anzustellen, und habe sich also nicht nur zu einem Wort eine ganz falsche Geschichte ausgedacht, sondern auch noch die falschen Schlussfolgerungen gezogen, nämlich den durch den Schnee kurzsichtig gewordenen Samojeden nicht mehr zu besuchen. Man habe in ihm den Wächter am Ende der Welt erblickt, *hinter dem Gebirg*, auf dem er wacht, so habe man es sich gedacht, *fanget die Wüste an*. Dort, habe man gesagt, gebe es nur noch Waldmenschen, von denen der Samojede einer und der erste war, welcher nicht mit anderen Menschen zusammenwohne, am ganzen Leib rauh, auch im Gesicht und an den Händen mit Haaren bewachsen, wie ein wildes Tier umherlaufend. Ja aus verschiedenen Quellen, auch von den Chinesen habe man von den sogenannten *Haarleuten* gewusst. Man habe den Samojeden darum in seiner verrauchten Hütte am Boden kauernd alleingelassen, in einer *durch das ranzige Fett seiner Hirsche zum Erbrechen stickigen Luft*, habe nur über ihn geredet, nie mit ihm gesprochen. Dabei sei es ein Vorurteil, dass man mit jenen, die sich essen, nicht sprechen könne. Im Gegenteil seien oftmals jene, die sich nicht essen, alles andere als gesprächig, sagt Maltritz.

Der nördliche Ural ist ruhiger als der südliche. Er ist besser erforscht und nicht so gefährlich, im Gegenteil kaum bevölkert, fast leer, leergeräumt. Das mag ich, deshalb hat mich Maltritz hierher gebracht, damit ich mich etwas erhole, und ich bin gerne mitgekommen, ohne die geringste Ahnung davon, dass es hier Samojeden gibt. Maltritz erzählt mir, dass der Ural früher ganz Sibirien umschlossen hat, dass er wie ein steinerner Gürtel um das fette Land lag. Erst spät habe man erkannt, dass es sich beim Ural nur um einen Strich in der Landschaft handelt, einen Strich auf der Karte, einen letzten Strich, eine Kante, das Ende der Welt. Inmitten des Kontinents habe man einst das Ende der Welt vermutet und dort habe man immer den Samojeden stehen sehen, halb unter der Erde wohnend, mit den Augen auf der Brust, dort, habe man gedacht, stehe der Samojede bereit, um die Eindringlinge vom Gang in die Leere abzuhalten, dabei sei der Samojede ja nie irgendwo gestanden, sondern schon immer in Bewegung gewesen, habe sich nie irgendwo hingestellt und etwas bewacht oder jemanden aufgehalten, erläutert Maltritz, während der Samojede weiter das Fleisch zerrupft – rundes Gesicht, schmale Augen, kleine Ohren.

Wie Maltritz so daherredet, bin ich in Gedanken schon ganz versunken in die Gestalt des sich selbst essenden Samojeden, der, wie mir scheint, einer modernen technischen Erfindung gleich, bestaunenswert autark ist, weshalb ich bei Maltritz, der sich in seiner Jugend, wie er mir erzählt, für den ersten Samojedologen überhaupt hielt, bis er einen anderen traf, um die Sache richtig zu verstehen und weil ich Hunger habe, nachfrage, ob also jeder einzelne Samojede sich selbst verzehre und sein von uns abgewandter Samojedenfreund nun sein eigenes Fleisch koche, als

Maltritz lacht und klarstellt, dass die Samojeden sich nicht selbst, sondern sich gegenseitig äßen. Ich mache mit zusammengepressten Lippen eine Bewegung, die meine Enttäuschung darüber zum Ausdruck bringen soll, dass der faszinierende Gedanke, in den ich mich kurz hineingeträumt habe, der mich für kurze Zeit die unangenehme, unwirtliche Atmosphäre bei der Alten hat vergessen lassen, ein Irrtum war. Maltritz aber kommt mir entgegen, indem er sagt, immerhin hätten die Samojeden so etwas wie eine Nahrungsgemeinschaft, ihre Gemeinschaft sei durch die fleischliche Verbrüderung total, in der Nahrungsgemeinschaft hätten sie einen Boden der Solidarität gefunden.

Ich habe Hunger, darum bin ich auch froh, dass das Fleisch, das der übriggebliebene Samojede kocht, nicht sein eigenes ist, und da er auch keine Verwandten mehr hat, ist es wohl kein Menschenfleisch, denke ich mir. Während Maltritz schon weiterredet, bin ich plötzlich erleichtert, dass der Samojede vor unseren Augen kein echter, kein vollwertiger Samojede ist, dass es sich um einen Halb- oder Scheinsamojeden handelt. Seit er alle Fleischbrocken ins kochende Wasser geworfen hat, spielt er mit dem Radio herum, das mich schon die ganze Zeit stört, wenngleich ich mich natürlich nicht überwinden kann, ihn auf die Empfindlichkeit meines Gehörs hinzuweisen und darum zu bitten, es auszuschalten, genauso wie die noch immer nicht abgeschaltete Heizung, die uns in dem viel zu heißen Zimmer mit übelfauliger Luft einnebelt. Der Samojede spielt am Lautstärkeregler des Radios herum, als brauche er etwas, um seine schwarzen Finger zu beschäftigen. Mit den Händen macht er allerlei, doch jetzt und hier ist es mir ein Rätsel, warum der Samojede noch nicht ein einziges Wort kundgetan hat. Er könnte uns zum

Beispiel etwas von seiner Familie erzählen, doch er verschont uns mit langen Geschichten.

Stattdessen erzählt Maltritz, dass die Sprache des Samojeden neuerdings der finnougrischen Familie zugeordnet werde. Nachdem es lange Zeit nicht gelungen sei, die Sprache der Nordvölker überhaupt einzuordnen, habe man das Samojedische einfach als das Urugrische bestimmt. Es gebe jedoch Gegenstimmen, welche das abstritten, auf einer Eigenständigkeit des Samojedischen beharrten und sowieso die Existenz des Urugrischen für Blödsinn hielten. Maltritz, als ein Verfechter dieser Gegentheorie, sagt mir vertraulich, die Samojeden, lebten sie noch, würden überhaupt nichts halten von dieser Sprachfamiliengeschichte. Das mit der Sprachfamilie sei das Gleiche wie mit den Frühlingsdichtern, als *unbegreiflich und lügengleich*, so habe er bei einem deutschen Dichter gelesen, erschienen jene europäischen Halbinselpoeten, die den Frühling besingen, für den, *welcher ein Mal den Winterkreis überschritten hat*, wo der Mensch, *das gabelförmige, nackte Tier, nur durch die Macht des Geistes sein kümmerliches Dasein zu fristen vermag.* Die Samojeden hätten entgegen den Frühlingspoeten ihre geistigen Karten schon immer genordet und das verlorene Paradies stets gegen Norden und über den Polarkreis hinaus ins Eis verlegt, so Maltritz.

Mittlerweile habe ich akzeptiert, dass meine Fragen an den Samojeden wie durch einen unsichtbaren Spiegel auf halbem Weg zu Maltritz abgelenkt werden, um von dort umso schneller zu mir zurückzukehren, und so scheint es mir, dass Maltritz und ich um uns selbst kreisen, mit dem Finger auf den Samojeden zeigend einen Tanz aufführen, über den er lauthals lachen würde, verböte das nicht der Anstand. Der Samojede muss aber mehr sein als ein Spiegel, in dem man nur sich selbst sehen kann, denke ich mir, mich daran erinnernd, dass ich einmal gehört habe, die nordischen Völker würden den Spiegel fürchten wie die Pest, die südlichen hingegen sich mit Wohlgefallen darin betrachten.

Es liegt mir aber noch etwas auf dem Herzen, also versuche ich es noch einmal und frage den Samojeden, wie es sei, nach so langer Zeit zum Stillstand gekommen zu sein, wie er sich fühle in seiner Wohnkammer, ob die Völker früherer Jahrhunderte noch in ihm umherwanderten, ob sein Körper noch brodele von der Bewegung seiner Ahnen, ob es so sei, wie es zweifellos sein müsse, dass die Bewegung seiner Nomadenväter im Raum zu einer Bewegtheit im Innern seines zur Ruhe gekommenen Körpers geworden ist. Der Samojede wendet sich im selben Moment zu uns und beginnt heftig zu husten, mit einer gewissen Wut hustet er, ohne die Hand vor den Mund zu halten. Ich frage Maltritz nach Hustengutseln, dieser aber sagt nein, er mache das immer, das sei kein Grund zur Beunruhigung. Und tatsächlich bemerke ich jetzt, dass das Husten des Samojeden nicht direkt aus den Bronchien kommt, sondern ungefähr aus der Kehle, dass es ein sauberes, fast ordentliches, sicher ungefährliches Husten ist, welchem ich nun alle Aufmerksamkeit schenke, mit dem Versuch, einen Sinn, einen Rhythmus darin zu erkennen, wodurch ich für Maltritz manchmal wie abwesend wirken muss und das auch bin, auf seine meisten Sätze nur ein »Aha« oder »Hmm« aus mir herausprustend.

Ich würde den Samojeden gerne noch etwas fragen, aber mir fällt nichts mehr ein. Maltritz redet weiter und kneift dabei von Zeit zu Zeit die Augen zusammen, um besser denken zu können.

Das Fleisch ist nun fertig, der Samojede stellt sich mit einem Brocken in der Hand ans Fenster, große Stücke abbeißend. Er hustet nun sehr viel und sieht uns dabei offen in die Augen. Da er mir nichts anbietet, werde ich in meinem Hunger etwas argherzig. Um wenigstens dem Geruch des Fleisches etwas näher zu sein, stehe ich auf, gehe zum Fenster, dränge mich neben den Samojeden, schiebe ihn leicht zur Seite, stelle mich auf die Zehenspitzen, recke meinen Hals und tue so, als schaue ich nur aus dem Fenster und wolle etwas frische Luft atmen. Maltritz weist mich währenddessen darauf hin, dass der Samojede auch während des Essens hustet, was seine Vermutung bestätigt, dass es sich kaum um eine Krankheit handeln kann, wobei mich wundert, dass man gleichzeitig husten und essen kann, zugleich etwas einführen und ausscheiden, im selben Moment, durch dieselbe Körperöffnung. Maltritz redet immer weiter, aber ich schnappe nur noch Fetzen auf, als er plötzlich – gerade in jenem Moment, als ich, der ich unter dem Vorwand, mich erholen zu wollen, unter dem Vorwand, mich bilden zu wollen, so weit hierhergereist war, vielleicht nur um den Hauch einer Idee von einem anderen Leben zu bekommen, akzeptiert habe, dass das Husten kein Husten ist – mitten im Satz seine Rede abbricht, aus der Tasche ein Hustengutsel kramt und es sich in den Mund steckt, und zwar, wie ich in seinem Gesicht lese, weil er Angst hat, sich anzustecken. So verstehe ich auf einmal, dass er mir ganz fremd ist, dieser Maltritz, den ich eigentlich liebgewonnen habe in den letzten Wochen, wenngleich er etwas viel redet, und der nun, mit dem Hustengutsel im Mund, endlich schweigt, während ich verstehe, dass in seinem Kopf ganz andere Gedanken kreisen als in meinem. Maltritz hustet einmal kurz und heftig, zieht die Nase hoch, bewegt seinen Mund, als ob er ihn dehnen wolle, und verstärkt mit solcherlei unnötigen Gesten das zärtliche Unbehagen, das ich vor ihm empfinde. Dann auf einmal stellt der Samojede, noch mit dem Fleisch in der Hand, das Radio aus und bewegt seine Hand in Richtung der einzigen Ikone des Zimmers an der Wand. Schon die ganze Zeit haben wir alle immer wieder zweifelnd diese winzige Ikone der Muttergottes beäugt, wollten sie anfassen. Ich dachte ständig, mir käme eine Erinnerung, aber es kam keine. Ihre wenige Zentimeter sichtbare Holztäfelung zwischen dem vor den Küssen schützenden Messing ist so verwittert, dass man den Typus der Ikone kaum erkennen kann, nur noch ein einziger übriggebliebener, vorwurfsvoll auf die Mutter zeigender Finger des Christuskindes, das sich in der Deutung des Ikonenschreibers wohl über seine Geburt beschwert und die Verantwortung sofort weitergeben will, ragt auf die rechte Seite des namenlosen Bildes. Sie hat ihren Namen verloren, über der Mutter sind nur noch zwei Striche erkennbar, die fast rechtwinklig zueinander stehen und die ich einige Zeit angestaunt habe, so sehr, dass ich jetzt nicht mehr weiß, ob ich die anderen Elemente der rechtwinkligen Schrift schlicht übersehen habe. Es war nämlich vorhin, als ob ich für kurze Zeit, in die Schrift versenkt, ein rechtwinkliges Bewusstsein angenommen hätte. Der Samojede steckt das Ding in die Hemdtasche, nahe ans Herz, und verlässt das Zimmer. Er nimmt den Gott, steckt ihn mit seinen fettigen Fingern in die Tasche und geht, denke ich mir. Was aber will der Samojede mit der eckig denkenden Ikone, frage ich mich, sein rundes Gesicht noch vor mir sehend, obwohl er schon zur Tür hinaus ist. All die Zeit, in der ich die Ikone, wenn auch nur im Augenwinkel, stets im Blick hatte, war mir immer wärmer geworden, doch es hat nichts zurückgeschaut. Schließlich fehlten dem Kleinen auch die Augen, die Farbe an ihrer Stelle war weggekratzt. Die Mutter hatte einen Blinden im Arm, mit den ausgekratzten Augen sah er aus wie eine Vogelscheuche, so erinnere ich mich an die Ikone, die jetzt in der Tasche des Samojeden liegt. Ich aber habe die Ikone trotz allem gemocht und kann nicht ausschließen, dass mir das Schweigen des Samojeden, das ich als redlich empfand, fehlen wird. Wenngleich meine Faszination für ihn auf einem Missverständnis beruhte und ich kaum noch Kraft fand, mein im Grunde von Beginn an angestrengt wirkendes und künstliches Interesse an ihm aufrechtzuerhalten, hatte ich mich schon an ihn gewöhnt und habe nun Angst, sein Hüsteln einmal zu vermissen. Die jungen Arbeiter haben anscheinend eine Pause eingelegt. Ich habe die Gelegenheit genutzt, sowohl Fernsehen, als auch Radio eigenhändig auszuschalten. Jetzt, wo der Samojede und die Ikone weg sind, ist es auf einmal, endlich, ganz still und mir fällt plötzlich auf, dass es hier im Nordural zum Frühlingsanfang überhaupt keine Vögel gibt. Selbst wenn ich mich konzentriere, gelingt es mir nicht, irgendwo den herangewehten Gesang eines Vogels zu vernehmen. Ich schwitze, habe Hunger, die Luft ist kaum zu ertragen.

Es ist genug, denke ich mir hier im Samojedenland, wo einmal das Ende der Welt war, vor ihrer Expansion, wo das Land langsam zu Meer wird und das Meer zu Land in einer großen Zone des Übergangs, hier nicht weit vom oberen Ob, von seiner Mündung in die Karasee, vom Obbusen, den man hier Oblippe nennt. Der Ob, der die Hälfte des Jahres zugefroren ist, ist jetzt wieder aufgetaut. Wenn das Eis bricht, kracht es bedrohlich, ein langsamer Donner rollt über das Land. Die Letzten, die versuchen, das Eis mangels einer Brücke mit dem Auto zu überqueren, fallen hinein. Jetzt, im sich ankündigenden Frühling, treiben bereits die Schollen auseinander. Der Ob, der früher, wie mir Maltritz gesagt hat, auch *Obi* oder *Ubi* genannt wurde, wie als ferner Widerhall und Zurückweisung, Verwechslung und Vergessen des *orbi et urbi*, das man hier nicht richtig aussprechen kann im Angesicht des Ob, der Anlass dazu gab, das *urbi* zu streichen, und von dem man nie weiß, ob er schon fließt oder noch gefroren ist, als ob er sich dazu nach eigener Laune entscheiden würde, kennt an seinen Ufern, vor allem etwas südlicher, näher der Quelle, den *schönsten weißen Sand, in welchem fast kein einziger Stein zu finden ist*, wie mir Maltritz berichtete.

Daran dachte ich kurz, als es still war, denn von überallher bedrängen mich jetzt wieder die Stimmen, die flachen, uninteressanten, nur die Nerven raubenden Stimmen der Arbeiterjungs, die elektrischen Töne und Signale des Radios, das die Alte wieder lauter gedreht hat, die Stimme der Alten, die wieder zu fluchen begonnen hat, Tschepuchas Stimme, der den Faden seiner Belehrungen und Tiraden wiedergefunden hat, die aus den Alpträumen hervorbrechenden Schreie Nastjas, das Brummen der Küchenmaschinen, und all das vor dem Hintergrund des anhaltenden Dröhnens meines Schädels. Das Brummen und Klirren der Küchengeräte war die ganze Zeit noch wie ein gleichmäßiges Tal, etwas, woran ich mich halten konnte, um das andere zu überhören, das jetzt zu laut geworden ist, immer lauter und nun kaum mehr erträglich, dazu das Wissen um den Blick des Sohnes in meinem Nacken. Bei der Vielzahl der Geräuschquellen ist es schwer, sich zu entscheiden, worauf ich mich konzentrieren soll, ich versuche, einem einzigen Geräusch zuzuhören, bis es versiegt oder von einem anderen übertönt wird, doch irgendwo in diesem unerhörten Krach verlieren sich die Stimmen, von denen ich abhängig bin, lösen sich ineinander auf. Ganz in mich versunken, nur noch nach innen hörend, versuche ich die richtigen Stimmen von den falschen zu scheiden, beim Aufschreiben nicht nur das Wahre vom Unwahren zu trennen, sondern auch eine den Gedanken und der Ungenauigkeit der Sprache helfende Form zu gestalten, einen Stoff zum Weiterdenken zu knäueln, um nicht aufgefressen zu werden von den fremden Gedanken, die keine sind, so wie Tschepucha selbst keine sinnvollen Sätze mehr von sich gibt, sondern nur noch, in seiner aufgeregten Art, Freudenschreie. Ich bitte ihn, still zu sein und sich zu konzentrieren, aber mein Ruhegesuch geht in Tschepuchas Begeisterungsausbrüchen unter. Nachdem er bei der Geschichte von Osman irgendwann den Faden verloren hat, hat er sich nun über den

Samojeden längst wieder in Rage geredet und gibt auf die Worte schon keine Acht mehr, nur noch auf das Reden selbst. Auch Nastja, schlafend, schreit nur und kann hinterher, wenn sie aufwacht, nichts Ordentliches über ihre Träume sagen. Unter diesem Eindruck denke ich, es ist genug, und beim Versuch, an den Fluss Ob zu denken, wird mir klar, dass wir losmüssen, und nach einem kurzen Blickkontakt mit Tschepucha im Spiegel stehen wir trotz des Hungers auf, um zu signalisieren, dass wir aufbrechen wollen, auch weil der Bildschirm mittlerweile mitgeteilt hat, dass die Gleise über den sumpfigen Norden ans andere Ende des Landes zum Stillen Ozean noch im Bau oder gar erst in Planung begriffen oder nicht einmal geplant sind. Doch die Alte stürmt sofort herbei und zieht uns erbost zurück.

Ich habe immer wieder Bauchschmerzen, aus Hunger oder aufgrund der ungewohnten Ernährung. Die Alte hat mir vorhin schon ein paar Tropfen Teer zu trinken gegeben. Das hat geholfen, seitdem jedoch habe ich irgendeinen störenden Geschmack im Mund, der sich nicht fortspülen lässt und das dumpfe Gefühl des Unbehagens am Körper bestärkt. Eigentlich, wenn ich es recht bedenke, habe ich schon länger diesen komischen Geschmack im Mund, doch er ist mir erst jetzt nach dem Trinken des Teers aufgefallen. Da trägt die Alte die Suppe herbei, denn sie will uns davon abhalten, so ungestüm und unvermittelt aufzubrechen. Jetzt ist die Suppe fertig, jetzt essen wir die Suppe. Sie ist nicht fad, etwas sauer, doch sie besteht zu großen Teilen aus Knochen. Zudem scheint viel Milch darin zu sein und auch viel Pulver von unbekannter Zusammensetzung habe ich die Alte hineinkippen sehen. Insgesamt hat sie etwas Schlammiges. Sie macht mich noch mehr schwitzen. Dann gehen wir doch endlich los. Die Alte drängt Tschepucha, einen Pelz mitzunehmen, den sie ihm umlegen will, doch Tschepucha lehnt ab. Ich frage Tschepucha, was er gegen den Pelz habe, es sei ja noch nicht so warm und wer wisse schon, ob sich das Thermometer nicht noch einmal umdrehe. Tschepucha jedoch macht nur eine abfällige Handbewegung und holt sich einen Filzfetzen, den er sich umbindet. Die Alte sagt: Warum frieren und krank werden und im Bett liegen und Medikamente schlucken und nicht mehr aufstehen können und Fieberträume haben und immer diese Chemie, wer wolle schon diese Chemie die ganze Zeit fressen und ständig die Temperatur nehmen und frieren und Tabletten, wofür, das sei doch nicht nötig, er solle sich gefälligst warm anziehen und die Walenki mitnehmen, der Winter sei noch nicht ganz vorbei. Tschepucha aber entgegnet: Wer brauche schon ihre Schuhe, ihre verfluchten Filzstiefel, diese Riesentreter, »du mit deinen verteufelten riesigen Eskimoschuhen, so kalt ist es doch gar nicht mehr, Alte«. Tschepucha nennt sie Alte, obwohl ich gar nicht weiß, ob er wirklich viel jünger ist, und auch nicht, in welchem Verhältnis er eigentlich zu ihr steht, vielleicht ist er, so denke ich manchmal, ein alter Liebhaber aus Jugendzeiten. »Nehmt doch für alle Fälle diese Schuhe hier«, fleht uns die Alte an, die Schuhe würden uns beim Laufen helfen und die Gedanken beruhigen. Eigentlich müssten wir bis zum Blumenfrühling warten, warten, bis nicht nur Sonne da ist, Schnee und Schlamm verschwunden sind, sondern die Luft auch wärmer wird, müssten noch eine Suppe essen und noch eine Weile aus dem Fenster schauen. »Sei still, du böses altes Tatterweib«, sagt aber Tschepucha, »kümmere dich um deine eigenen Angelegenheiten«, und schlägt die Tür hinter sich zu, die Alte und den

Sohn sprachlos zurücklassend. »Endlich sind wir hier raus«, sagt er dann, neben mir und Nastja im Schnee stehend. Hauptsache, denke auch ich mir, wir kommen fort von dem entlegenen Eck hier, diesem verlassenen abgestorbenen Winkel.

Ibissur

Schon seit einiger Zeit spüre ich das eigenartige Gefühl eines konsistenten Stoffes im Oberkörper. Es wurde wieder stärker mit dem Moment, in dem wir die Schwelle des Hauses der Alten ins Freie übertraten. Zuerst begegneten uns Arbeiter, die das Eis aufhackten. Eine mehrere Handbreit dicke Eisschicht behackten einige von ihnen mit einfachen Pickeln, andere bohrten mit Presslufthämmern Löcher, die einen wie die anderen kamen nur in winzigen Stücken voran. Auf einen kleinen Laster luden sie die dicken Eisblöcke. Wie man sich die knirschende und bröckelnde Landschaft der Arktis vorstellt, so stapelten sich die würfelförmigen Eisblöcke am Straßenrand und auf den Anhängern. Angesichts der dicken und nicht endenden Eisfläche auf den Straßen erschien mir ihr Unterfangen unsinnig. Ich konnte mir kaum vorstellen, dass die Erde sich hier in den wenigen Sommermonaten dieses Frostmantels gänzlich entledigen könnte, trotz der Hilfe ihrer Bewohner.

Wir brachen also auf zur Besichtigung der vielleicht noch restaurierbaren Fischfabrik. Ich hatte einen kleinen Koffer dabei, der bei vielen den Eindruck erweckte, ich sei ein Arzt. Tschepucha hatte kein Gepäck, nur eine Binde um seinen Kopf, um eine Wunde zu schützen, sein Kopf war leicht verwundbar, wie sich herausgestellt hatte. Nastja trug eine kleine Damentasche mit sich. Gleich zu Anfang fanden wir in Nastjas

Tasche eine Art Schulheft, vermutlich chinesischer Herkunft, es hatte dickes braunes Papier und in der rechten oberen Ecke jeder Seite prangte erhaben ein kleines Piktogramm von den Führungsköpfen der kommunistischen Partei. Tschepucha fing dann auf dem Weg an, Zitate aus Büchern und Zeitungen, auf die wir von Zeit zu Zeit stießen, aufzuschreiben und Nastja vorzulesen. Nastja aber hat immer gesagt, er solle doch selber etwas schreiben. Sie wollte etwas rein Erfundenes haben, ein Märchen, eine unwahrscheinliche, aber verzaubernde Geschichte über Glück, Reichtum und Liebe. Tschepucha aber konnte und wollte nichts selber schreiben. Manchmal versuchte er es, aber ihm fiel nichts ein, er konnte nur spontan Dinge erzählen, die selten eine zusammenhängende Geschichte ergaben. Einmal bat er mich um Rat, aber mir fiel auch nichts ein, ich konnte höchstens aufschreiben, was er erzählte oder was ich auf der Fahrt zu Gesicht bekam. Selbst wenn mir oder Tschepucha einmal etwas eingefallen wäre, hätten wir vor Nastja nicht unsere prinzipielle Einfallslosigkeit verbergen können. Tschepucha sagte, das sei doch schon ein Einfall, mich zu fragen, und wenn mir auch nichts einfalle, dann müsse unsere doppelte Einfallslosigkeit bei Nastja doch Mitleid erregen. Tatsächlich verwendeten wir das Buch dann zu allem Möglichen. Tschepucha notierte regelmäßig geographische Angaben, zudem eine Reihe ungehörter Ethnonyme, die er mit anderen, bekannten auflistete und die Nastja auswendig lernen sollte. Auch einige Daten aus der Geschichte fügte er ein, um Nastja über das Wesentliche zu unterrichten, sodass sie uns einmal mit dem Satz »Hitler war ein Schweinehund« überraschte. Ich benutzte das Heft hauptsächlich, um unsere Ausgaben zu notieren, in Stichworten Tagebuch zu führen, brachte

Nastja das Rechnen bei und einige wichtige Worte in fremden Sprachen. Auch Notizen über das Wetter und alte, wiederkehrende Erinnerungen kamen manchmal in das chinesische Schulheft. Es war wie ein Logbuch unserer Fahrt. Ich schrieb gern hinein, weil es mir die Möglichkeit gab, mich von der Gegenwart abzulenken und mich an meine eigentliche Sprache zu erinnern. Nastja erwies sich mit der Zeit als unbrauchbarer Adressat, sie sprach bald auch Dinge, die wir ihr nicht beigebracht hatten, und kombinierte das Gelernte so frei, dass sich ein neuer Sinn daraus ergab. Unvorsichtigerweise ließen wir sie alles lesen und lasen selbst nicht gegenseitig, was der andere schrieb. Irgendwann las niemand mehr in dem Heft, aber alle schrieben hinein. Ohne Adressat vergruben wir zu dritt unsere Gedanken in dem Parteibuch.

Über das Kind Nastja hatte sich in Tschepuchas Vorstellungen die Legende gebildet, dass es in die Welt gekommen sei mit seiner ganz eigenen Sprache. Er sagte, sie habe einen starken und seltsamen Akzent und auch er als ehemaliger Ethnograph wisse nicht, wo sie herstammen könnte. Nach Nastjas Sprachheimat Ausschau haltend reisten wir durchs Land, doch keine der Sprachen, die uns begegnete, verstand Nastja, keine hörte sich verwandt mit der ihrigen an. Tschepucha glaubte mit der Zeit nicht mehr daran, dass es das Volk zu ihrer Sprache gab. Nastja fehlte ein Arm und darum war Tschepucha davon überzeugt, sie würde ihre geistige Energie nicht mit körperlichen Übungen aller Art vergeuden, sondern könne mal eine wirklich kluge Person werden, er sah in ihr ein philosophisches Kind. Als wir Nastja fanden, roch sie nach Müll oder Fisch, ja sie stank, doch an ihren Gestank gewöhnte ich mich schnell, mochte ihn bald sogar und vermisste ihn sofort, nachdem wir sie bei der Alten gewaschen hatten, wenngleich nicht lange, denn der Geruch kam immer wieder. Fest stand, dass Nastja ein unglaublich gutes Gehör hatte. Autos auf einsamen Landstraßen hörte sie schon Minuten vor Tschepucha und mir. Als ich das merkte, fragte ich mich, wie sie den Lärm bei der Alten ausgehalten hatte. Ich merkte dann jedoch, dass sie immer in eine bestimmte Richtung hörte, dass sie gut war nicht im Hören, sondern im Hinhören. Stundenlang verfolgte sie das Ticken von Tschepuchas alter Armbanduhr, die man aufziehen musste. Ein solches Ticken, sagte sie, habe sie noch nie gehört. Ich beneidete sie um ihren Fokus.

Auf dem uns in den Süden führenden Weg durch die Länder der Wogulen, Wojtjaken und Ostjaken saßen wir einige Tage zuerst im Schiff, dann in Bussen und Lastwagen, die uns auf den löchrigen Straßen immer zu schnell fuhren, und hatten einige Diskussionen über öffentlichen Verkehr und über die Fragilität der Welt im Allgemeinen. Tschepucha sagte, er hasse das Autofahren, er habe keine Lust, sein Leben einzutauschen gegen einen so hässlichen Tod, während jener andere, der diesen Tod als schön empfinde, glaube, das Recht zu haben, sein Leben zeitgleich mit Tschepuchas zu beenden, nur aus Langeweile. Diese wogulische Art, die er schon von den Mordwinen kenne, aus purer Langeweile im Auto zu sterben, empfinde er als widerwärtig, und er wolle sich an diesem Spiel nicht beteiligen. Das sei kein Tausch, ein Tausch unter ungleichen Voraussetzungen, ein Untausch, »sein schöner Tod gegen meinen hässlichen«, sagte Tschepucha, ein Tausch ohne jede Solidarität unter den Tauschenden. Er wolle auch nicht derjenige sein, der auf der Straße herumläuft, um die Einzelteile der ehemaligen Körper, ihre Köpfe und Beine aufzulesen, und nicht derjenige, der durch Zufall überlebt und sich inmitten der im Auto und auf der Straße verstreuten Körperteile wiederfindet. Er plädiere dafür, die ganze Sache mit dem Autofahren abzuschaffen, schließlich müsse man die Welt, nachdem man sie lange genug aufgebaut habe, nun wieder abbauen, es sei nun Zeit, sie wieder abzubauen, wir befänden uns schließlich, wissenschaftlich-technisch gesehen, in der Periode des Abbaus der Welt. Vor allem bei den Wogulen, die ihre Langeweile einfach nicht unter Kontrolle hätten, dürften Autos nicht länger erlaubt sein, so Tschepucha im Bus, sich etwas über die Maßen empörend, wie ich fand, obwohl ich dankbar war, dass er meiner Angst vor den wie wildgeworden drauflos preschenden Busfahrern Ausdruck gab. Meine Hoffnung jedoch, dass Tschepucha mit unserer Abreise von der Alten endlich aus seinem didaktischen Vortragsgehabe herauskommen würde, hatte sich nicht erfüllt. Als ich ihn fragte, woher er die Abfälligkeit gegenüber den hier lebenden Leuten nehme, von welcher Erfahrung sich sein Hass auf die lokale Bevölkerung zehre, gab er zur Antwort, es brauche dafür keine Erfahrung, sondern man habe das schon immer lesen können. Nur die endgültige Auslöschung der hier lebenden *tummen und sehr häßlichen Völcker* sei noch nicht gelungen, beharrliche Reste blieben übrig. Schon ehemals hätten die in zusammengenähten Pelzlappen herumlaufenden Völker dieser Gegend sich ständig *wie unsinnige Leute gebärdet,* wären vor an Bäumen aufgehängten kleinen Idolen niedergefallen und hätten mit Geschrei in die Höhe gesehen. Niemand aber habe erfahren können, was das Geschrei bedeute, sie selbst hätten gesagt, es habe ein jeder unter ihnen *nach seiner eigenen*

Phantasie geschrien. Sie selbst hätten nicht gewusst, worin ihre heidnische Religion bestünde, der Himmel sei ihnen viel zu hoch erschienen, um zu wissen, ob da ein Gott wäre oder nicht, sie hätten sich um nichts mehr bekümmert als nur den Hunger zu stillen.

Ihre Auslöschung und die ihres unsinnigen Geschreis sei trotz aller Bemühungen nicht vollständig gelungen, so Maltritz. Die meisten von ihnen seien durch Vermischung verschwunden, aber zugleich, wenn man ihre Spuren verfolge, so stelle man fest, dass die anderen und übrigen, die Minderheiten zusammen in der Gesamtheit ihrer Spuren eine überwältigende Mehrheit bildeten. So habe sich die Physiognomie und Mentalität auch der Wojtjaken, Udmurten und Kalmücken trotz ihrer geringen Zahl in den Körpern der anderen, wenngleich unendlich verdünnt, erhalten und sei aus der Geschichte nicht mehr auszumerzen. Abgesehen davon aber, fuhr Maltritz fort, hätten jene nomadischen Völker durch Auswanderung, durch Auswanderung und Fortwanderung stets unbeantwortbaren Widerstand gegen ihre Beherrschung geleistet. Niemandem sei etwas eingefallen gegen die nomadische Protestform der Auswanderung, die ja auch ich praktiziere, so Maltritz zu mir. Für die Nomaden sei es eben besonders unkompliziert, zu emigrieren, die Auslöschung sei nicht gelungen aufgrund der Auswanderung und der Wanderung überhaupt. Schwer sei es für diese Völker dagegen gewesen, sich zu den seit dem ersten Kontakt, sofort nachdem sie entdeckt worden waren, unter ihnen grassierenden Blattern und anderen ihnen zuvor unbekannten Krankheiten zu verhalten, durch welche sie erheblich vermindert worden seien. Noch anfälliger als sie selbst seien ihre Herden gewesen, die ohne sorgfältiges

Herdenmanagement oft vollständig zugrunde gingen und verteilt übers Land vor sich hin rotteten, so Maltritz.

Da im Norden die Zugverbindung fehlte, hatten wir uns entschieden, den Umweg über den Süden zu nehmen und die erste Strecke mit Bussen zu fahren. Einmal wurden wir in der Nähe einer Hutfabrik aus dem Wagen geworfen. Am Straßenrand saßen Kinder und verkauften aus der Produktion gefallene Mängelware, fehlerhafte Exemplare aller möglichen Hut- und Mützentypen. Wir handelten ein bisschen und erstanden drei Hüte, die Kinder waren schlecht im Handeln, unerfahren und schüchtern, das nutzte Tschepucha aus. Nastja wählte eine ihr viel zu große und eigentlich für den Winter vorgesehene Milizionärsmütze. Hier, einige hundert Kilometer südlicher, war es bereits deutlich wärmer, der Blumenfrühling war längst angekommen. Mich verwirrte jedoch das Überspringen der Jahreszeiten, die sich noch rasanter abwechselten, wenn man vertikal reiste. Ich tauschte meinen Hut gegen einen der gleichen Sorte, der nicht besser war, vielleicht sogar schlechter, doch ich wollte allmählich meine Kleidung gegen die hiesige eintauschen, so wie ich auch durch die Nahrung meinen Körper langsam in einen neuen eintauschte, sodass ich ein anderer werden könnte, nichts Materielles von mir übrigbliebe und sich zeigen würde, ob da noch etwas anderes war. Tschepucha sorgte sich bei seiner Wahl vor allem um Sonnenschutz. Er forderte mich zu zahlen auf, wie immer mit einer Selbstverständlichkeit, die mich erzürnte. Er musste sich meinen Geldbeutel mit den Scheinen und veralteten, hier ohnehin nutzlosen Karten als eine Art Eintrittskarte ins Unendliche vorstellen, dabei ging mein sorgsam Gespartes schon zur Neige und war nur deshalb noch nicht aufgebraucht, weil uns fortwährend irgendwelche Fremden mitessen ließen, ja uns dazu zwangen, uns aus ihren Töpfen zu bedienen. Im Gegenteil, dachte ich mir, meine Zukunft war so ungewiss, wie Tschepucha es sich gar nicht vorstellen konnte, sein kleiner Vorrat dagegen ging doch niemals ganz zur Neige. Eigentlich hatte er immer »nichts«, aber wenn es darauf ankam, konnte er jederzeit aus der Tiefe irgendeiner Tasche noch ein paar Münzen hervorkramen, die immer ganz genau für uns drei reichten, etwa, um eine Fahrkarte zu bezahlen oder ein Brötchen. Tschepuchas Armut war auf den ersten Blick zu erkennen und doch schien er heimlich ein Geldsäckchen mit sich herumzutragen, das seine bescheidenen Ansprüche immer gerade noch so deckte.

Er freute sich besonders über den neuen Hut, da er eine seltsame Kopfverletzung hatte, die unter der Sonne besonders litt. Ich mochte Tschepucha, fürchtete ihn aber manchmal wegen seiner Unberechenbarkeit. Ist er, so fragte ich mich an seine Kopfverletzung denkend, aus einer Heilanstalt geflohen? Von sich selbst behauptete er, ein Privatlehrer für Geographie und ehemaliger Historiker zu sein. Demnach hat er eine Theorie zur Geschichte des 17. und 18. Jahrhunderts entwickelt, die auf selbstständigen, nicht autorisierten, vor allem geographischen Nachforschungen beruhte und vom Staat bekämpft wurde. Da er als Geograph eine neue Idee zur russischen Geschichte entwickelte, dabei sein eigentliches Aufgabengebiet überschritt und vernachlässigte, so sagte man es ihm, wurde er aus der Universität herausgedrängt. Ich war froh, dass mich Tschepucha umfassend informieren konnte, zugleich vertraute ich ihm nicht immer ganz, er schilderte alles etwas übertrieben und konfus, als ob es

ihn ganz persönlich beträfe und oft im Verweis auf jahrhunderte-
alte Autoren, die niemand kennt und die vielleicht auch gar nicht
existieren. Zudem wusste ich nicht, ob mir die ganzen Geschichten und Erläuterungen, die er mir pausenlos zumutete, von der
Seite an den Kopf warf, während ich aus dem Fenster sah, wirklich halfen, irgendetwas zu sehen, vor allem das, was wirklich da
war, direkt vor mir.

Während Tschepucha, im Bus sitzend, wie so oft und vermutlich aus einem Gefühl der Peinlichkeit heraus alle und alles ver-
teufelte, habe ich mich lange geärgert über den Dreck auf den
Scheiben, geflucht über die Unfähigkeit der Wogulen, sie zu putzen, um die Landschaft sichtbar zu machen, die sich bewegenden
Häuser, Bäume und Schilder, den ruhenden Himmel. Besonders
erboste mich, dass der Dreck sich nicht erst kürzlich vom auf-
spritzenden Schlamm von außen auf die Fenster gelegt hatte,
sondern zugleich von innen als dichte Schicht verschiedenster
Spuren, die sich über Jahre hinweg abgelagert hatten. Ich habe
nicht verstehen können, wie man so sorglos mit seinen Fahr-
zeugen umgehen, so nachlässig um die Aussicht sich kümmern,
so gelangweilt von der Welt sein kann, dass man sie nicht mehr
sehen will, als ich im Bus saß, Nastja zu meiner Rechten, vor mir
Tschepucha. Lange habe ich gegrübelt über diese Sorglosigkeit,
Lustlosigkeit, den Mangel an Hingabe für das Gute und Schöne,
bis ich schließlich, nachdem ich Nastja von meinem Kummer
erzählt hatte und auf ihren Ratschlag hin, ein bisschen Wasser
aus unserer Trinkflasche nahm und die Scheibe zu meiner Linken mit dem Saum meines Hemdes von innen halbwegs sauber
rieb. Die Fenster waren erstaunlich weich, weder aus wirklichem
Glas, noch aus hartem Plastik, vielmehr fühlten sie sich an wie

ein dünnes Blättchen Marienglas oder jenes Glimmers, der hier überall wuchs. Ich gab Acht, sie nicht zu zerbrechen, kratzte also sanft an der Scheibe herum und putzte mir mit dem Wasser aus der Trinkflasche ein kleines Guckloch frei. Tschepucha erhob Einspruch, da er meinte, wir würden so bald an keinem Geschäft mehr vorbeikommen, um Wasser zu kaufen, doch ich entgegnete entschieden, wir würden auch ohne Wasser auskommen bis Kurgan oder Tobolsk. Draußen sah ich viele Seen, vielleicht waren es auch Pfützen und Überschwemmungen, so viel Wasser, dass es war, als befänden wir uns auf einem Schiff und als führte unser Weg direkt durchs Meer. So sei das immer im Frühjahr in *Ibissur*, sagte Tschepucha. Wir waren jetzt in einem Gebiet, das Tschepucha auch *Ibissur* nannte, an der, wie er sich ausdrückte, Wurzel Sibiriens, das ein unscharfer Name für ein eigentlich nicht allzu großes Gebiet sei. Er sagte eigentlich, auf ältere Nachrichten Bezug nehmend, *Ibissibur*. Beim Denken des Wortes *Ibissibur* komme ich jedoch immer ins Stocken, meine Zunge ins Stottern, ich sage lieber etwas einfacher *Ibissur*, da sonst mein Kopf zu stottern beginnt, ich in eine Wiederholungsschleife gerate und den Überblick verliere.

Irgendwann in der Nacht waren wir losgefahren und kamen in einer der nächsten Nächte an, müde und ausgelaugt. Vielleicht hatte uns nicht nur die Busfahrt, sondern auch die Enge bei der Alten, die Enge ihres kleinen, im Flur arrangierten Allzweckzimmers eingeschläfert. Noch oft dachte ich daran und fühlte mich dabei wie innerlich zurückgeblieben in dieser Wohnung, gefangen in ihr, sodass ich die Weite des Landes und das ungewöhnliche Licht zu verpassen glaubte. Wir gingen in den Bahnhof und fanden einen leeren, matt beleuchteten Raum gegenüber der Gepäckaufbewahrung, wo wir bis zum Morgen bleiben wollten. Irgendetwas machte uns Angst, vielleicht war unser Ziel noch zu weit weg, dachte ich. Nur an Moto, die manchmal älter aussah, manchmal jünger, konnten wir uns halten. Während die beiden sich ausruhten, ging ich in die Stadt, um etwas zum Abendbrot zu kaufen. Es war fast zu spät, die Läden waren hochgeklappt, die Gitter vor den kleinen Verkaufsbuden zugezogen, die Straßen leer. Erst nach einer Weile fand ich einen modernen, nachts geöffneten Supermarkt. Als ich ihn betrat, fühlte ich mich durch das helle Licht gleich wacher, aber nicht wirklich lebendig. Anschließend saß ich noch etwas auf einer Bank und schaute in die Nacht. Umgeben von großen Alleen und hohen Häusern verlor ich mich und mir war kurz, als müsste ich den bis zu den Sternen reichenden Raum irgendwie verkleinern, bevor ich mich wieder ordentlich darin bewegen könnte. Als ich zurückkam, waren Tschepucha und Moto bereits eingeschlafen, Tschepucha halb über ihr liegend, die Luft angefüllt mit einer zärtlichen Anspannung. Als er mich sah, wurde er wütend. Erst darüber, dass ich Moto weckte, dann über das Essen, das ich gebracht hatte, er hatte auf etwas anderes Appetit. Ich erklärte ihm den Weg, aber er wollte nicht zuhören, ging schimpfend einfach los und kam lange nicht wieder.

Das Licht war mittlerweile fast ganz erloschen. Es gab nur noch einen Lichtrest, von dem unklar war, woher er eigentlich kam, ein ganz schwaches, sanftes Licht, das vielleicht von der Bewegung, welche das Gepäck am Tag gemacht hatte, abstrahlte und uns in einen angenehmen Nebel hüllte. Wir machten mit Streichhölzern ein winziges Feuer, um das Essen besser zu sehen. Moto, für die ich einen Joghurt gekauft hatte, war kaum hungrig. Bei dem schwachen Licht war von ihr wenig zu sehen neben den leuchtenden Augen. Ihr Alter war schwer zu schätzen, sie war zugleich ein kleines Kind und eine junge Frau, auch der Körper, an einem Tag jünger, kindlich, man konnte sie tragen, am anderen größer, reifer, ihre runde Hüfte, die kleinen Brüste, das schmale Gesicht, ihr Strohhaar und ihre Art zu gehen, ihr sich genau auf der Grenze zur Weiblichkeit befindender Gang. Das Primitive in der Zuneigung für Moto hat mich vom ersten Tag, als wir sie trafen, etwas erschreckt und ich wollte es loswerden. In ihre verschiedenfarbigen Augen schauend legte ich mich zu ihr. Ihr Haar war weich. Ihr kleiner knochiger Körper und die Wärme ihrer Haut ließen mich hoffen, dass morgen ein besserer Tag kommen würde. Als ich am anderen Morgen aufwachte, lag Tschepucha direkt neben mir, fast über mir und Moto oder zwischen uns. Ich hatte wieder den seltsamen, unangenehmen Geschmack im Mund. So oft ich mir die Zähne putzte, mir neue Pasten und Bürsten kaufte, und was ich auch aß, es half nichts: Der fade, leicht säuerliche Geschmack wollte nicht weichen. Tschepucha und ich waren uns einig, dass wir hier möglichst bald wegmussten, also nahmen wir den ersten Zug nach Osten und fuhren einige Tage, so weit der Zug uns trug.

Wir kamen mitten in der Steppe an und es stellte sich heraus, dass sich nicht weit von hier Tschepuchas Geburtsort befand, der keinen Namen, sondern nur eine Nummer hatte – No. 26. Ich und Nastja waren neugierig, Tschepuchas Heimat kennenzulernen. Tschepucha sagte immer wieder, Heimat sei das falsche Wort, doch er ließ sich darauf ein, vermutlich selbst neugierig, was sich hier nach so vielen Jahren getan hatte. Wir ließen also alles Sehenswürdige unbeachtet neben uns liegen und fuhren vom Bahnhof mit einem kleinen Bus einige Stunden zu Tschepuchas Geburtsort, der mitten im Niemandsland lag und aus irgendeinem Grund eingezäunt und abgesperrt war. Tschepucha erklärte uns, dass diese früher geschlossene und geheime und heute nicht mehr geheime, aber immer noch geschlossene Stadt eine große Atomanlage, Waffenarsenale und kosmische Forschungsanlagen beherberge, ja dass sie eigentlich zuallererst für diese Anlagen gebaut worden sei und sich allein um diese Anlagen herum bewege. Heute jedoch sei die Stadt lediglich aus Gewohnheit noch abgesperrt, es gebe dort nichts Geheimes mehr, es sei nur die Trägheit der Zeit in entlegenen Räumen, die dazu geführt habe, dass diese Stadt sich nach wie vor weigere, ihre kleiner gewordene Rolle im Theater der Weltgeschichte anzuerkennen.

Tschepucha hatte seinen für die Stadt notwendigen Ausweis nicht mehr. So standen wir an der Grenze und Tschepucha versuchte durch das Erzählen von Kindheitsgeschichten seine Zugehörigkeit zu der Stadt zu beweisen, was man nicht akzeptierte, mit dem Verweis vor allem darauf, dass ich, als Ausländer, so oder so keine Möglichkeit hätte, die Stadt zu betreten und schon meine Präsenz in der Nähe dieser Stadt ausreiche, mich in Gewahrsam zu nehmen, wenn Tschepucha nicht sofort aufhöre, mit seinen Kindheitserinnerungen die Grenzposten vom Tagesgeschäft abzulenken. Außer sich über die mangelnde Brüderlichkeit unter seinen Nachbarn und Anverwandten nahm Tschepucha Nastja und mich an der Hand und zerrte uns in den Wald, wo er von einem Loch im Zaun wusste, durch das man ins Innere der Stadt gelangen konnte. Von diesem Loch, das die Stadt nicht schloss, weil sich der finanzielle Aufwand nicht lohnte, um etwas zu beschützen, das es nicht gibt, sagte mir Tschepucha, wüssten die Wächter natürlich, ließen sich dadurch von der scheinbaren Wichtigkeit ihrer Arbeit jedoch nicht abbringen.

Wir waren gespannt auf die Geheimstadt, die Geburtsstadt Tschepuchas, aber kaum durch den Zaun geschlüpft und ein paar Schritte bis ins Zentrum gegangen, stellten wir fest, dass Tschepucha hier niemanden mehr kannte und von niemandem erkannt wurde, dass er keine Wohnung und keine Bleibe für uns hatte und überhaupt auch als Ortskundiger ziemlich orientierungslos war, ja noch orientierungsloser als wir, obwohl sich nichts verändert haben konnte in dieser Stadt, die so symmetrisch und transparent konstruiert war, dass man sich blind in ihr hätte zurechtfinden können, nur mit einer Karte im Kopf. Überhaupt schien kaum noch einer hier zu wohnen. Wir suchten ein Café, aber es gab kein Café. Die Straßen waren sauber und leer, nur zu tun gab es nichts. So nahm ich es wahr, bis wir plötzlich im Herzen der Stadt angelangt waren, wo sich auf engstem Raum ein kleines Knäuel von Menschen zu einem Stadt- oder Völkerfest getroffen hatte. Auf einer Bühne wurde gesungen, daneben Märsche und Tänze aufgeführt. Tschepucha erzählte uns, ein solches Fest sei typisch für die Stadt No. 26, denn diese sei überfüllt und überfrachtet von Festen und Feiertagen. Die Zumüllung des hiesigen Kalenders durch Festtage und Festvorbereitungen sei deshalb besonders fatal, weil mit der unerträglichen Gewohnheit verbunden, die Festtage ganz nach Bedarf zu verschieben, sodass jedes Fest sowohl in der Familie als auch auf der Arbeit als auch im Freizeitklub und Kaffeekreis gefeiert werden könne, sodass sich also ein einziger Feiertag mit Leichtigkeit auf vier oder fünf ausdehne. Dieser Festtagsterror halte die ganze hiesige Gesellschaft zusammen, halte sie bei Laune, steuere ihre Emotionen, reguliere ihren Lebensrhythmus.

Tschepucha fand diese seine so saubere Stadt, ehemals Brutstätte einer weltweiten militärischen Autorität, widerwärtig, fühlte sich beengt, wohin man gehe, überall stehe schon einer, wohin man sich wende, überall sei schon einer, jeder Platz besetzt, man suche einen freien Raum, aber überall stehe schon einer mit derselben Nummer, mit fast dem gleichen Namen, mit kleiner Nase, mit großer Nase, überall stehe schon einer und habe die gleiche Nase wie du, sagte er, das gleiche Ohr, dieselbe Zunge. Man komme nach Hause und suche seinen Platz, aber der sei schon besetzt, man suche irgendwo auf der Welt einen Platz, aber überall sei schon jemand, schon nach drei Metern eine Mauer, nach fünf Metern wieder eine Mauer, kein Raum, um zu gehen, überall ein durch die Gegend streunendes, sitzendes, laufendes Gesicht, das vor dir auftaucht, ihre Nasen wenige Zentimeter vor deiner, fünf Zentimeter, drei Zentimeter von deiner Nase entfernt, dich anstarrend, ohne etwas zu sagen, so fühlte sich Tschepucha hier, wie er berichtete. Tatsächlich war hier immer alles in Bewegung und doch nirgendwo ein Ort, wo man sich niederlassen durfte. Wir setzten uns auf einen Stein, aber ein Beamter kam und bat uns, aufzustehen. Wir lehnten uns an eine Säule, aber auch das war nicht erlaubt, wie sich herausstellte. Auch auf den nackten Boden durfte man sich nicht legen, durfte nicht zu schnell laufen, aber auch nicht zu langsam. Dieses Völkerfest, das ganz ähnlich war wie jenes, das wir bei der Alten im Fernseher gesehen hatten, während der Samojede das Fleisch schnitt, brachte Tschepucha zur Weißglut. Er mochte diese Atmosphäre nicht und schimpfte, es gäbe hier keine Menschen, sondern nur Gesichter und Füße, Ohren und Beine, nur Nasen und Finger, Schuhe und Fußspuren, Hüte und Gehstöcke, die sich alle nicht zusammenhalten ließen und durch die Luft schwirrten, ohne einen einzigen vollständigen Menschen zu ergeben.

Ich aber glaubte, er sehe nur schlecht oder unterliege einer Wahrnehmungstäuschung oder die saure Luft vergälle uns die Augen, sodass wir die Ordnung nicht erkannten, der alles unterlag in dieser Stadt, die nur eine Durchgangsstation sein sollte, von der wir aber tagelang nicht loskamen, weil wir sie nicht verstanden, weil wir nicht fertig wurden mit ihr. Nur Nastja gefiel das Fest, sie kehrte auch die Tage danach, als es längst vorbei war, dorthin zurück und wartete, ob es wiederkäme. Mit ihren schlechten Zähnen fand sie hier allerdings nichts Passendes zu essen, weshalb Tschepucha beschloss, ihr ein Gebiss zu kaufen.

Mit dem Gebiss könnte sie bei Bedarf härtere Speisen verzehren oder einfach nur spielen, dachten wir uns. Wir blieben also noch eine Weile in der Stadt, auch, um Nastja ein Gebiss anfertigen zu lassen. Nastja zog es dann aber trotzdem die meiste Zeit vor, sich von einer grünen chemischen Flüssigkeit zu ernähren, die wir einmal in einem Laden gefunden hatten und nach der wir immer wieder Ausschau hielten, um sie ruhigzustellen. Diese seltsame grüne Soße, die es, wie wir bald merkten, auch in Apotheken gab, hatte sie die ganze Zeit in der Hand, wenn sie nicht gerade mit ihrem Telefon spielte.

In diesen Tagen, auf Nastjas Gebiss wartend, fragte ich Tschepucha, ob hier der europäische Atommüll liege, wo der Müll sei, ob man den Müll besichtigen könne oder ob er unsichtbar sei. Tschepucha verneinte, was er gut konnte und womit er fast immer meine Neugier und meine eigenen Ideen mit einem einzigen Wort abbügelte, um sie dann mit dem Geschwall seiner eigenen Theorien zu überfluten. Er verneinte, gestand zwar ein, die meisten Fabriken befänden sich hier, nämlich unterirdisch, unter der Erde, fügte aber noch hinzu, ich sei ein erbärmlicher Naturbursche. Ich aber, einmal auf den Gedanken gekommen, begann den Müll bereits zu spüren, mit einem Sinnesorgan, von dessen Vorhandensein ich vorher keine Kenntnis hatte, spürte plötzlich die Präsenz des europäischen Abfalls in der Luft der ganzen Stadt und stromerte die folgenden Tage auf der Suche nach der Quelle des Übels durch die Straßen. Freilich verlief ich mich, genauer: Ich fand in dieser Stadt keinen einzigen Abweg von den vorgezeichneten Bahnen, es fand sich keine einzige Hintertür, kein versteckter Hof und kein mysteriöses Loch in der

Erde, die Stadt war dicht, so durchsichtig, dass sie etwas Glattes bekam. Wenn man lief, wusste man nie, ob man vorankam, denn alles sah sich gleich und hatte dieselben angenehmen Proportionen, sodass man die Augen fast zu gebrauchen vergaß und die Dinge manchmal mit den Händen berühren musste, um sich zu vergewissern, dass der Stoff sich nicht verflüssigte. Es war, wie Tschepucha sich ausdrückte, eine wissenschaftliche Stadt, eine Stadt von Forschern und Erfindern also, eine Stadt, die sich selbst erfunden hatte, und Tschepucha musste, so dachte ich es mir, zu der Gründungsgeneration jener Stadt gehört haben, zum Haufen jener vom Krieg Übriggebliebenen und noch Denkfähigen. Er musste hier seine Laufbahn begonnen und sofort wieder unterbrochen haben, musste irgendwann ausgeschlossen worden sein, weil seine eigenbrötlerische geographische Arbeit sich mit der militärischen Arbeit der Atomforscher nicht vertrug. Vielleicht war ihm jene Stadt irgendwann, vielleicht schon direkt nach ihrer Geburt, auch einfach nicht mehr phantastisch genug.

Auf der Suche nach dem Atommüll lief ich durch die Straßen der Stadt No. 26. Die Gebäude hatten etwas Zeitloses. Obwohl sie da schon Jahrzehnte standen, machten sie den Anschein, als seien sie gerade erst aus dem Mutterleib geschlüpft und noch ganz feucht. In ihnen vermischte sich etwas Weltbürgerliches, Metropolitanes mit der Schalheit von Reihenhäusern und Neubauvierteln. Alles, was es in einer Stadt braucht, gab es hier genau ein Mal, und zwar immer in besonders großer und herrlicher Form. Nur von einer Sache gab es hier besonders viel: unverständliche Abkürzungen für einen Haufen von wissenschaftlichen und ökonomischen Spezialeinrichtungen, deren Zweck und Zuständigkeit niemandem klar sein konnte. Tschepucha meinte, diese geheimnisvollen Abkürzungen zerstörten die Sprache. Vielleicht war es auch diesem undurchdringlichen Abkürzungslabyrinth geschuldet, dass ich mich vergeblich über die langen Alleen mühte und der Müll unauffindbar blieb.

Hier, in der Stadt No. 26, auf dem Gebiet, das wir für Tschepuchas Heimatboden hielten, von dem ich heute jedoch nicht mehr sicher bin, ob es wirklich Tschepuchas Heimatboden war, fiel mir erstmals auf, dass Tschepucha und ich immer in zwei ganz entgegengesetzte Richtungen strebten. Ich selbst suchte die ganze Zeit nach Löchern in der Erde, nach sich auftuenden Geheimspalten, unterirdischen Räumen, wo ganz andere, schlimmere Verhältnisse herrschen. Auch sonst wandte ich mich gerne der Erde zu, hob gelegentlich auf dem Boden liegende Steine und alte Hölzer auf, legte sie manchmal wieder weg, nahm sie gelegentlich auch mit, sammelte sie, bohrte gar mitunter in der Erde herum, um ihre hiesige Ausprägung zu begutachten und das, was mir Tschepucha über die örtliche Bodenkunde erzählte, besser verstehen zu können. Von der angenehmen, lebendigen Schwarzerde nahm ich mir von Zeit zu Zeit ein Stück und knetete es vor mich hin, um meine Hände zu beschäftigen. Manchmal knetete ich eine Figur, die ich unbemerkt irgendwo hinterließ, auf einer Bahnhofsbank oder in einer Kirche. Der Boden war manchmal so weich und lehmig, ich überlegte, ob man ihn brennen könnte. Ich hatte vielleicht noch nicht den für mich passenden Boden gefunden, dachte ich, viel Interessantes schien sich aber immer in seiner Nähe zu befinden, auch die nie ganz saubere, nicht sehr reinliche Nastja war ihm immer nah. Tschepucha dagegen hatte schon Nackenschmerzen, weil er so oft in den Himmel blickte.

Die Wolken störten ihn. Nachts analysierte er die Sterne. Seine Sehnsucht galt den freien Lüften dort oben. Aus den Sternen, sagte er, kommt die Geometrie des Glücks.

Auch als wir in der Stadt No. 26 auf einen chinesischen Spielzeugwarenhandel stießen, zeigte sich, dass mir und ihm ganz unterschiedliche Gegenstände gefielen. Ausgerechnet hier trafen wir nämlich das erste Mal einen Chinesen, der sich aus Neugier und finanzieller Not heraus in die Stadt eingeheiratet hatte und ausschließlich Puppen verkaufte. Die Chinesen sind sinnreich in der Verfertigung von Puppen und ihre kleinen ominösen Machwerke werden von den Leuten hier zwar als abstoßend empfunden, aber trotzdem fleißig gekauft, auch weil die ansässige Spielzeugfabrik wie ähnliche Fabriken überall im Land seit einigen Jahren von staatlicher Seite nicht mehr unterstützt wird und geschlossen werden musste. Auch hier, so erfuhr ich von dem Mann, sterben die letzten Spielzeugmacher und ihre Fabriken nach und nach aus. Das beklagte der Mann, denn die Zerbrechlichkeit des meisten Spielzeugs führe zu seiner raschen Vernichtung. Man brauche immer neue Menschen für seine fortwährende Produktion. Das Verschwinden der alten sowjetischen Spielzeugfabriken hat der Chinese ausgenutzt, sich in die entstandene Marktlücke eingenistet und ein winziges, mit alten und neuen Teilen überladenes Geschäft eröffnet. Mir schien das chinesische Spielzeug aber auch weiter fortgeschritten als jenes, das mir hierzulande bisher zu Gesicht gekommen war. Das hierzulande anzutreffende volkstümliche Holzspielzeug und die gesichtslosen Knotenpuppen kamen mir ungemein primitiv vor, weder unterhaltsam, noch wahrheitsgetreu, im Grunde waren es keine Spielzeuge, sondern Idole. Die hiesigen Puppen, dachte ich, verderben den Geschmack der Kinder. Das importierte chinesische Spielzeug dagegen war feinfühlig und klug. Es war aus den unterschiedlichsten Materialien gemacht, aus Holz, Lehm und Papier, aber auch Kaolinerde, Bambus und Tierknochen fanden sich im Innern der Puppen. Zudem hatte der Händler Teigfigurinen, die deutlich kleinteiliger, virtuoser waren und durch ihren realistischen Gesichtsausdruck beeindruckten. Allesamt waren sie von außen ideenreich verziert und glänzend bemalt. Besonders faszinierten mich einige sehr grazile Tänzerinnen aus Zikadenschalen. Wenige primitivere Masken waren kaum zu unterscheiden von antiken Plastiken, ansonsten fanden sich viele reitende Gestalten, Kaufmänner und kleine Äffchen, zudem einiges Spielzeug, das auch zum Gebrauch und nicht nur zum Herumstehen bestimmt war, das auch nicht nur zum Spielen hergestellt wurde, sondern Puppen, die als Pfeifen, Löffel oder Briefbeschwerer dienten. Andre Puppen waren wie lebendig, konnten teilweise laufen oder machten unehrbare, manchmal anstößige Bewegungen durch in ihrem Innern angebrachte Uhren. Ausgerechnet hier, an diesem isolierten Ort, hatte sich ein alle Facetten des fernöstlichen Kunsthandwerks importierender Spielzeugwarenhandel niedergelassen, eine Enklave der chinesischen Spielzeugliebhaberei mitten in der grundlos erfundenen und nur halb lebendigen Atomstadt. Es war bezeichnend, dass Tschepucha sich auch in diesem wunderbaren Laden beschweren musste, nämlich darüber, dass er keine Drachen hatte und darum die Bedürfnisse der Kinder seiner Stadt gar nicht befriedigen könne, sondern sie nur durch seltsames Zeug irritiere. Wie Tschepucha mein bei mancher Gelegenheit im Vorübergehen hergestelltes Lehmspielzeug geringschätzte, so konnte er auch den hiesigen Figurenreichtum nicht würdigen und sagte, er bevorzuge Drachen, das Steigenlassen von Drachen sei nämlich ein gesunder Sport für Kinder. An der frischen Luft härteten sich die Kinder ab und bildeten zugleich ihre geistigen Kräfte aus. Es erhöhe auch ihr Selbstvertrauen, selbst gestaltete Drachen in die Luft zu schicken, und lasse ihrer Phantasie freien Lauf. Er erzählte weiter, die Drachen hätten sogar militärische Zwecke, seien ursprünglich zu militärischen Zwecken erfunden worden: ein Drache mit zwei Flöten weckte durch seine süßliche Melodie auf der anderen Seite der Front das Heimweh der feindlichen Soldaten, die sich, davon ergriffen, weigerten weiterzukämpfen. Mich dagegen interessierte mehr die berüchtigte Fähigkeit des volkstümlichen Spielzeugs, Gefühle zu übertragen.

Tschepuchas Heimatstadt, in der er sich nicht mehr heimisch fühlte, hielt uns, nachdem sie uns nicht hatte aufnehmen wollen, schon viel zu lange gefangen. Auch als Nastjas Gebiss fertig war, fanden wir nicht mehr aus ihr heraus, bis Tschepucha die Idee hatte, man könne sie am leichtesten zu Pferd nach Süden verlassen. Er überredete uns mit dem schlagenden Argument, wir müssten das gute Wetter, die Sonne nutzen, solange sie da ist, uns aufwärmen für den Winter, es uns gut gehen lassen, solange es warm ist. Mir war es in der elektrischen, vermutlich verseuchten Luft dieser gläsernen Stadt schon heiß genug und ich war nur halben Herzens froh, als wir ein Pferd nahmen und durch das Loch im Zaun ritten, einmal um die Stadt herum und weiter Richtung Süden.

Wir saßen zu dritt auf einem einzigen Tier und hier in der Steppe erzählte Tschepucha seltsamerweise endlich einmal nichts. Wir hätten sowieso nichts verstanden aufgrund des Zugwindes. Um uns nichts als Grasländer, Einöde. Es war eine gelbe Landschaft, alles war unglaublich gelb, noch nie, auch in Filmen nicht, habe ich eine so gelbe Landschaft gesehen, fast ohne Bäume, nur wenige Baumgruppen hingen in formlosen Flecken an den Hügeln, sonst nur gelbes Gras, einige Schafherden und wilde Pferde. Erst bei einer Pause, als wir uns auf den salzigen Boden ins Federgras setzten, wurde ich der Stille gewahr. Tschepucha war daran scheinbar schon gewöhnt und hörte etwas. Er hörte einen Wind, den er, so sagte er es, schon sehr lange nicht mehr gehört und ordentlich vermisst habe. Der Wind sei rhythmischer als andere Winde und kalt wie eine Plastikblume, trocken und herzlos. Lange hörte Tschepucha diesem Wind zu. Auch ich hörte ihn eine Weile an, aber eigentlich war er mir egal. Die Pause zog sich in die Länge. Mir wurde heiß, ich spürte die Erwärmung der Erde und in meinem Kopf kreiste das mir unbekannte Wort »barabinzisch«. Meine Uhr funktionierte hier nicht, es war ihr wohl zu heiß in der Sonne. Ich fragte Tschepucha, aber er hatte vergessen, seine eigene Uhr aufzuziehen. Uns war nicht bekannt, wie lange sie schon nicht mehr tickte. Wir fragten Nastja, ob sie zugehört habe, aber Nastja sagte, sie habe zwar zugehört, auf dem Pferd im Zugwind sei jedoch von Anfang an nichts zu hören gewesen. Also ritten wir ohne Uhrzeit weiter. Die Uhrzeit war eigentlich auch nicht von Bedeutung, ich hatte nur das Bedürfnis, zu wissen, wie viel Uhr es ist, gerade jetzt wollte ich es wissen, so war das manchmal, und ich war immer froh, wenn meine Schätzungen stimmten. Ich beschloss, stattdessen ein Foto zu machen von der Steppe. Die in Tschepuchas Geburtsort gekauften chinesischen Batterien jedoch enttäuschten mich. Sie waren nicht einmal stark genug, um den Apparat anzuschalten. Jedoch hoffte ich, dass die Sonne die Batterien aufladen würde, sodass von Zeit zu Zeit wenigstens ein Foto möglich wäre, das hatte ich in der Hitze schon einmal erlebt. So geschah es auch, etwas später konnte ich ein paar Aufnahmen von der Steppe machen, doch mir schien das Licht falsch, der Winkel zu klein und Nastja schaute auch immer ganz unglücklich und nicht seriös in die Kamera. Schon lange versuchten wir ein schönes Foto von ihr zu machen, um es an die Polizei zu schicken, mit der Nachschrift, dass wir, die sich wieder melden würden, das Mädchen gefunden hätten und beschützen würden, bis ein Vater oder eine Mutter des Mädchens aufgekreuzt sei. Sie heiße, jetzt, Nastja. Noch aber gelang uns das passende Foto nicht, auf jedem sah sie anders aus als auf dem vorherigen, sodass wir uns dachten, niemand würde sie erkennen können, und vor allem käme nie zum Vorschein, wie gut sie war. Das größte Problem aber war, dass Nastja ein Arm fehlte. Sie zu fotografieren war schwierig, da einerseits der eine Arm auf das Bild musste, nur um zu zeigen, dass der andere fehlte, andererseits das Gesicht dann nicht ordentlich zu sehen war. Der Apparat war einfach schlecht, dachte ich mir. Ich entsorgte ihn bald darauf. Nastja beklagte sich ohnehin ständig darüber, dass wir sie ablichteten, sie fand es ermüdend, vielleicht dachte sie, es ginge uns ums Herumzeigen der Bilder.

Tschepucha hielt auf dem Weg immer wieder an und blickte umher. Ich merkte, dass er sich hier, wo die monotone Landschaft nur anhand weniger Baumgruppen, runder Hügel und kleiner hellblauer Seen unterteilt und geordnet werden konnte, besser auskannte als in der Stadt, aus der wir kamen. Erst langsam verstand ich, dass er nicht in der Stadt geboren sein musste, sondern irgendwo hier in einer der Blechhütten, die ins Gestrüpp hineingebaut waren, oder in einem der Zelte, die man manchmal am Horizont ausmachen konnte. Jetzt also waren wir endlich, wenn auch nur ungefähr, denn genau ging es wohl nicht, am Heimatfleck Tschepuchas und er schien mir zu dieser sandigen Landschaft zu passen, er hatte viel von einem Sack aus Staub. Wenn man ihn berührte, zerfiel alles und fand an einem anderen Ort zusammen. Fasste man ihn an, fand man in seinem Körper keinen Halt. Er war ein Luftgesicht, nie dort, wo man ihn vermutete. Er lief nicht gerade und sprach auch nicht geordnet. Oft hasste ich ihn, aber am Ende mochte ich ihn immer, obwohl er nie wirklich da war. Im Lauf der Zeit wurde er betrübter.

Am Abend kamen wir an in einer Stadt, die praktisch nur aus einem großen Markt und einer Messerfabrik bestand. Wir verkauften das Pferd, und da wir alle hungrig waren, ging ich mit Nastja auf den Markt, Tschepucha blieb am Rande zurück und wartete auf uns. Nastja verhandelte mit den rundgesichtigen Frauen. Wir kauften eine Menge Rauchfleisch und ein paar getrocknete Fleischstreifen, die Nastja günstig erstand und auf deren Auswahl ich mich gar nicht konzentrieren konnte, da es mir so schwerfiel, die Gesichter der Marktfrauen geographisch einzuordnen, aber wir freuten uns auf die Mahlzeit. Dann fragte Nastja mich plötzlich: »Sind wir jetzt in Nordkorea?« Ich fragte sie, wie sie darauf komme, und woher sie das Wort »Nordkorea« kenne. Vermutlich hatte eine der Marktfrauen über Nordkorea geredet. Nastja konnte dazu nichts sagen, aber später, als wir schon gemeinsam mit Tschepucha im Bus saßen, wieder ein

Stück nach Norden fahrend, um eine Bahnstation zu finden und endlich etwas voranzukommen, besann sie sich erneut auf das Wort »Nordkorea« und sagte immer wieder: »Ich will nach Nordkorea!« Ich sagte, wir könnten unmöglich nach Nordkorea, aber Tschepucha widersprach mir und sagte, es wäre eigentlich nur ein kleiner Umweg, wir hätten ja keine Eile. Ich schaute ihn ungläubig an. Wollte Tschepucha ernsthaft nach Nordkorea? »Vielleicht kommt sie aus Nordkorea!«, fügte er hinzu. Ich schaute Nastja an. Ein bisschen asiatisch sah sie aus, aber eine Nordkoreanerin stellte ich mir anders vor. Nastja stimmte Tschepucha zu: »Vielleicht komme ich aus Nordkorea.« Ich konnte dazu nichts sagen, wusste aber, dass ich nach Nordkorea nicht mitgehen würde. Das verstanden sie dann wohl auch und gaben irgendwann nach. Nastja war nun trotzdem überzeugt und begrüßte jeden Fremden mit dem Satz »Hallo, ich komme aus Nordkorea«.

Wir bekamen Hunger und nahmen das Fleisch, das Nastja gekauft hatte, aus der Plastiktüte in ihrer Handtasche. Auch ohne zu versuchen, merkten wir sofort, dass es seltsames Fleisch war. Nastja hatte Katzenfleisch gekauft, wie sie sogleich eingestand, vielleicht wider besseres Wissen. Sie sagte nichts gegen unsere wütende Anklage, schwieg und aß dann, um uns eines Besseren zu belehren, das Katzenfleisch ohne viel Gemecker. Tschepucha war davon beeindruckt, probierte es auch und beschloss, es sei alles andere als schlecht. Ich fand es widerlich und lehnte es trotz meines brennenden Hungers ab. Tschepucha lachte mich aus und beschimpfte mich als Humanist, was mir schleierhaft war. Nachts aber, als der Bus hielt und die anderen zu schlafen schienen, schlich ich mich hinaus, um auch etwas von dem Katzenfleisch zu essen. Mein Bauch tat schon länger weh, so leer war er. Zuerst hatte mir das unregelmäßige Essen ganz den Rhythmus des Hungergefühls genommen. Dann hatte ich durch den abwesenden Appetit das Essen ganz vergessen. Mir wurde das Essen immer fremder, je weiter wir fuhren. Allein aus Hunger oder der quälenden Idee des Hungers versuchte ich also ein Stück, aber es war scheußlich. Mir wurde gleich der Bauch ganz warm und unordentlich. Ich erbrach es wieder und lag fast eine halbe Stunde mit dem furchtbaren Fleisch traurig in der Steppe, hielt mir den Bauch und versuchte die Hände am Steppengras zu säubern. Von nun an achtete ich mehr auf die Ernährung und aß nur noch Melonen und Bananen. Mit halbleerem Magen, das hatte ich festgestellt, lässt es sich ohnehin am besten denken, wenn man – das wusste ich jetzt – den Körper die ganze Zeit vollstopft, bleibt kein Platz für ein paar Gedanken.

Als wir wieder im Zug saßen, wurde ich ruhiger. Wir tranken viel Tee, sahen aus dem Fenster, und es war nicht schwer zu merken, dass wir uns langsam aus der Niederung, dem westsibirischen Tiefland heraus in gebirgigeres Gelände bewegten. Wir passierten einen mächtigen See und Maltritz erzählte, dass wir uns jetzt und schon die vergangenen Tage an der Südgrenze des Dauerfrostbodens befänden. In der Bodenkunde gebe es jedoch schon seit ihrer Entstehung einen Streit über die Südgrenze des Dauerfrostbodens. Die Bodenkunde, die von Beginn an auch eine sibirische Dauerfrostbodenkunde gewesen sei, streite seit ihren Anfängen über den genauen Verlauf der Südgrenze dieses besonderen Bodens, den man schon früh entdeckt und bewiesen habe durch ein hunderte Meter tiefes Loch in der Erde, einen Kanal Richtung Erdmittelpunkt. Trotz aller Hitze müsse man sich immer vorstellen, dass der Boden, auf dem man laufe, in seiner Tiefe gefroren sei. Gerade hier aber nun, in unserer unmittelbaren Nähe, in der *erhabenen Mitte des Kontinents*, täte sich die Erde seit Jahrtausenden in einem tiefen Grabenbruch langsam auf, drifteten die Platten auseinander, entstehe aus einem Riss ein neues Meer. Der über tausend Meter tiefe See, der sich in diesem *das hohe Kesseltal Mittelasiens* durchziehenden Riss befinde und von dem ich auch schon früher gehört hatte, werde von den Eingeborenen und in der ganzen zentralasiatischen Hochebene darum schon immer richtigerweise als Meer bezeichnet. Mich wunderte das nicht, ich fühlte mich sowieso all die Zeit wie auf einem Meer, wankend, ohne Orientierung, und tatsächlich, so Maltritz, hätten schon immer viele geglaubt, dass einst östlich des Ural ein Meer brandete, hier in der *grossen Tartarey* habe man die sogenannten *Mammonsknochen*, Überbleibsel eines biblischen Tieres gefunden, der Figur nach Elefantenzähne, es könnten aber auch Hörner sein, die von der Nase ab sich krümmten, sodass einige meinten, dass *vor der Sündfluth in Ibissur ein viel wärmeres Klima als jetzo* gewesen, vieles habe darauf hingedeutet, dass Nordasien ehemals warm war. Auch habe man inmitten des Landes den Unterboden eines Schiffs gefunden, *Reliquien der Sündfluth*, und wenn man von fern gekommen und umhergereist sei, so habe man stets »Land« gerufen, wenn man eine Siedlung gesehen habe, als ob man sich die ganze Zeit auf See befunden hätte. Maltritz behauptete auch, dass eben dieser See das Klima zumindest des gesamten eurasischen Kontinents maßgeblich reguliere, dass er die Stütze, der Halt, die Versicherung des eurasischen Klimas sei. Das Mikroklima des schmalen, aber tiefen Sees und dessen Auswirkungen auf das Makroklima, sagte Maltritz, seien noch ganz unzureichend untersucht.

Mir leuchtete all das ein, gerade nach dem Ritt durch die Steppe fühlte ich mich etwas haltlos, schwimmend und vor allem müde, ja eigentlich konnte ich ihm vor Müdigkeit kaum zuhören. Wir legten uns etwas hin, um zu schlafen, ich zumindest. Tschepucha wusste, wie er sagte, nicht mehr, wie man schläft. Ich glaube, er schlief oft beim Gehen, ohne von mir und Nastja dabei bemerkt zu werden. Er schlief, wenn er schwieg, wenn er einmal aufhörte zu reden. Manchmal ließ er durchblicken, dass er das Schlafen schwierig fand. Ich glaube, dass er, der schon in die Jahre gekommen war und an allerlei kleineren Krankheiten litt, nicht wusste, warum er es tun sollte, und es war ihm unangenehm, Zeit zu verlieren, in der er denken oder reden oder sich erinnern konnte. Vielleicht war es jedoch auch sein Wunsch, zu schlafen, nur die Gedanken und Erinnerungen kamen in ihm nicht zur Ruhe, durchwühlten seine Innereien, sodass er auch mit Augenbinde und Ohrstöpseln nur selten in den Schlaf fand. Es war seltsam, sobald es dunkelte, zeigte er oft eine Ängstlichkeit, die man nicht von ihm erwartete.

Tschepucha und ich lagen unten, Nastja oben. Sie lag auf der anderen Seite, deswegen konnte ich sie aus dem Liegen von unten beobachten. Als ich später wieder aufwachte, sah ich sie und fand, dass sie noch immer sehr schön war. Doch dann, auf einmal, bemerkte ich, dass sie einen kleinen Bauchansatz hatte. Ich stand auf und streichelte ihr über den Bauch, aber sie stieß mich weg. Tschepucha kam hinzu, sah sich auch den Bauch an und bemerkte ebenfalls eine kleine Wölbung. Wir waren uns schnell einig darüber, dass sie schwanger sein musste. Sogleich stritten wir, wer sie geschwängert hatte, beschuldigten uns gegenseitig. In ihr, die vielleicht zwölf, vielleicht dreizehn Jahre alt ist, wobei das schwer zu sagen ist und sie es selbst nicht weiß, sie könnte auch älter sein, wächst plötzlich etwas heran, dachte ich mir und staunte. Wir hatten wohl nicht damit gerechnet, dass Nastja überhaupt schon geschlechtsreif war, während es eigentlich gar keinen Zweifel gab, wenn man sie genau betrachtete, jetzt erst recht nicht, wo sie schwanger war. Tschepucha sagte richtig, die Frage, ob sie fruchtbar sei, verliere nun, da sie schwanger sei, ihre Vorrangigkeit. Manchmal, so Tschepucha, komme eben erst das Kind und dann die Fruchtbarkeit oder sogar, manchmal, wenngleich selten, ein Kind ohne Fruchtbarkeit. Ich versuchte ihn zur Vernunft zu bringen und gemeinsam zu überlegen, was nun zu tun war. Ich sagte, sie sei vielleicht doch gar nicht schwanger, sondern das schlechte Essen habe ihr nur den Magen aufgebläht. Dann fragten wir Nastja selbst, die unserem Gespräch gelauscht hatte, und sie sagte ja, sie sei schwanger. Unklar war freilich, ob sie wirklich wusste, worum es sich handelte. Also beschlossen wir, abzuwarten, ob der Bauch tatsächlich größer werden würde, schliefen aber nicht mehr, sondern tranken weiter Tee und sahen aus dem Fenster. Als Nastjas Bauch am nächsten Tag nicht kleiner, sondern größer wirkte, beschlossen wir, ein Krankenhaus aufzusuchen. Tschepucha meinte, es käme vor uns tagelang keine ordentliche Stadt mit einem verlässlichen Krankenhaus und wir sollten lieber zurückfahren. So stiegen wir aus, saßen einen halben Tag auf einem Provinzbahnhof herum und fuhren erneut an dem mächtigen See vorbei zurück in die nächste größere Stadt.

Es war dem Namen nach eine brüderliche Stadt oder Bruderstadt, jedoch keine wirkliche Stadt, sondern lediglich eine verstreute Ansammlung von Häusern und Blocks, die sich um und zwischen mehreren Seen recht weit ausdehnten, kaum ein Haus, kaum eine Wohnanlage befand sich zu einer anderen in einem solidarischen Verhältnis der Brüderlichkeit. Das Zentrum war ein riesiger Staudamm mit dem dazugehörigen Elektrizitätswerk. Einige tatenlos herumstehende Männer, die wir nach dem Weg fragten, erzählten uns, dass beim Bau des Staudamms einige Dörfer überschwemmt worden seien. In einem Dorf habe sich ein Friedhof befunden. Man habe die Angehörigen vorher informiert, sie könnten ihre Verwandten ausgraben und an einem anderen Ort wieder eingraben, aber viele hätten keine Lust gehabt, hätten ihr Dorf am liebsten gar nicht verlassen. So seien die Leichen langsam, nach der Überschwemmung der Dörfer und des Friedhofs, an der Oberfläche desselben Wassers aufgetaucht, in dem noch Minuten zuvor Menschen gebadet hätten. Wie könne man so blöd sein, sagte ein anderer, in den von den umliegenden Chemiekombinaten verseuchten Seen zu schwimmen. Das glasklare Wasser sei von den umliegenden Fabriken völlig verseucht. Wir hörten zu, waren aber ein bisschen nervös, hatten unsere eigenen Sorgen, ließen uns den Weg erklären und liefen die lange Strecke bis zum Hospital. Tschepucha verhielt sich nun seltsam, machte ständig neue Vorschläge, erst schien es, als wolle er sich Nastjas entledigen, kaum scherzhaft meinte er, man könne sie irgendjemandem geben oder gar verkaufen, schließlich sagte er, man könne sie, nachdem man sie einmal dort abgegeben habe, auch einfach im Hospital lassen. Tschepucha gönnte ihr das Kind nicht, wenn es kommen sollte, er wollte sie plötzlich loswerden. Ich dagegen wollte nicht Nastja, sondern ihr Kind loswerden und fragte Tschepucha, was er glaube, wie viel die Entfernung des Kindes koste. Tschepucha antwortete darauf nicht, sondern verzog nur das Gesicht. Nastja aber sagte, sie wolle das Kind behalten und austragen. Vielleicht fehlte ihr jemand zum Spielen, vor allem Tschepucha beachtete sie manchmal tagelang kaum, dachte ich mir.

Allein, je näher wir dem Hospital kamen, desto kleiner schien der Bauch Nastjas zu werden und desto unsicherer wurden wir uns, ob sie wirklich einen neuen Bauchansatz hatte oder ob uns nur die Hitze getäuscht und wir alle vielleicht etwas viel von dem Katzenfleisch gegessen hatten. »Wir machen uns zu viel Gedanken um solche Dinge wie den Bauch der Emeljanova«, sagte Tschepucha. Er hatte Recht. Trotzdem begannen wir gleich darauf erneut zu streiten, darüber, ob Nastja wirklich schwanger gewesen war und das Kind vielleicht schon wieder verloren hatte, woran ich glaubte, oder ob wir sie überfüttert hatten, seit sie das Gebiss trug. Tschepucha sagte, wir würden uns die ganze Zeit überfressen, weil ich aus Europa zu viel Geld mitgebracht habe, deswegen kämen wir letztlich kaum zum Nachdenken, kämen vor lauter Fressen nicht zur Besinnung und im Übrigen auf unserem Weg nicht voran. Dass ausgerechnet ich, der ich fast nur noch importierte Bananen aß und in den letzten Tagen vor Ungeduld und dem Erwarten, der Fischfabrik endlich ein klein wenig näher zu kommen, schon ganz nervös geworden war, an der ständigen Verzögerung Schuld tragen sollte, dass ausgerechnet ich in Tschepuchas Darstellung derjenige war, der uns aufhielt und verlangsamte, empfand ich als unverschämt, schließlich schien gerade in Tschepucha die Lust, voranzukommen, in den letzten Wochen immer kleiner geworden zu sein. Tschepucha hatte von Anfang an nur argwöhnisch registriert, dass ich mit Nastja auf so freundschaftlichem Fuß stand. »Gott sei Dank«, sagte Tschepucha jetzt, »ist Nastja nicht schwanger von dir, der du, die Wahrheit hörend, sofort in Traurigkeit versinkst«. Ich aber entgegnete ihm, wäre Nastja von mir geschwängert worden, gäbe es ja gar kein Problem, nur er sei sicherlich nicht würdig, den Vater für das Kind dieses zauberhaften Mädchens abzugeben. »Ach«, sagte Tschepucha, »meine Gene sind besser als deine. Deine Gene sind gar nicht vermischt, haben sich jahrhundertelang rein gehalten, sind stumpf und bitter geworden. Du hast die falschen Gene für sie«, sagte er. »Meine Gene dagegen sind voller Glück und Hoffnung auf Zukunft.« Noch als wir im Krankenhaus saßen, wo man uns endlich einmal eine vernünftige Mahlzeit kochte, und als längst klar war, dass Nastja nicht oder nicht mehr schwanger war, zeterte Tschepucha weiter und meinte, wenn Nastja einmal alt genug sei, wäre es zumindest denkbar, sinnvoll, aus rein sachlichen Gründen, dass er sie schwängere. In der Überzeugung, dass Tschepucha ein erbärmlicher Vater wäre, wie er schon jetzt bewies im Umgang mit dem Kind Nastja, versuchte ich ihm diesen Gedanken auszureden. Aber er machte weiter und missbrauchte dieses für unser aller Zukunft keineswegs belanglose Thema zum Ausleben seiner ekelhaften Launen, seiner ständigen Gereiztheit und Umtriebigkeit. Ich versuchte, ihm klarzumachen, dass er zu alt für Nastja sei, dass er aufgrund seines Alters für das zukünftige Kind von Nastja höchstens der Patenonkel oder Adoptivopa sein könne, mehr nicht. Tschepucha aber sagte, ich solle mit diesem romantischen Familiengequatsche aufhören, diesem Unsinn von der Liebe, sogar in der Prostitution sei mehr Liebe als in der Liebe, er könne das Gerede nicht mehr hören, die Liebe sei ja selbst Prostitution, dieser Schwachsinn die ganze Zeit, diese Liebesideologie, dieses verdammte Liebesgeschwätz hänge ihm zum Hals heraus. Stattdessen meinte er immer wieder, es sei Zeit, über die Prostitution zu reden, die stärker sei als die Liebe und in jeder Liebe zweifach, dreifach enthalten, was sich Nastja mit zustimmender Miene aufmerksam anhörte und ihm zustimmte, ja, sagte sie, sie wolle eine Prostituierte werden. In der Tat war Nastja die Einzige unter uns, die keine Scham hatte. Gedankenlos zog sie sich aus und lief, wenn ihr heiß wurde, nackt weiter. Unerträglich, so Tschepucha, sei diese Art mancher Frauen, alles zu zeigen, nichts zu geben, diese Frauen, die alles zeigen, aber nichts geben, seien genauso schlimm wie die anderen Frauen und Männer mit der Unfähigkeit, etwas anderes zu geben als ihre Seele, nur eine Seele zu haben, keinen Körper, Tschepucha empörte sich über die Anmaßung, die darin bestehe, immer sofort seine Seele auf den Tisch zu legen, die eine abgründige und unanständige Zurückweisung erfordere. Darum, sagte er, hätten wir Nastja ja so gern, weil sie, wenn wir wollten, mit uns schlafen würde, ohne sich zu beklagen. Sie würde uns ihre kindliche Hüfte geben, ihre kleinen Brüste, ihre schmalen Schultern, ihre immer zufälligen Bewegungen, ihren ganzen als Geschenk, Anhängsel und Schmuck erscheinenden Körper, ihr nach Öl riechendes Haar, das sie geben könne, ohne es herzugeben, ohne es zu verlieren, ohne gleich ihre Seele geben zu müssen. Tschepucha sagte, sich der Zustimmung Nastjas erfreuend, jawohl, man müsse eine Kunst der Prostitution erfinden statt mit der sinnlosen Liebes-philosophie ständig ins Unglück zu steuern. Tschepucha redete weiter über die Kinderliebe und die sich immer mehr ausbreitenden Steinreichen, die ihre Frauen durch Luxus, Spiel und Konsumerei so infizierten, dass sie ihre Pädophilie in den ewig jungbleibenden, kosmetisch ständig erneuerten und verjüngten Mädchenkörpern ausleben konnten, so Tschepucha über die neuen Steinreichen. Ich war in Gedanken aber noch bei den Ausführungen gegen die Liebe, fühlte mich herausgefordert und verhandelte lange mit Tschepucha darüber, ob Liebe eine Handlung ist oder ein Gefühl. Ich versuchte Tschepucha auch klar zu machen, dass die Schönheit nicht in der Intensität beruht.

Während ich redete, bemerkte ich, dass mich Tschepuchas Mimik durchaus angesteckt hatte. Nicht von seiner Gestik, nicht von seinen unkontrolliert herumschweifenden Handbewegungen, und auch nicht von seinen Worten, oder nur in Einschränkungen, mit Auslassungen und Streichungen von seinen Worten, aber durchaus von seiner Mimik lasse ich mich gerne ein wenig anstecken. Tschepucha selbst meint, meine Mimik sei noch sehr von Vergangenem, von im Schatten meines Gesichtes fortwirkenden Personen beherrscht. Ich dagegen spüre, dass sich meine Mimik verändert hat. Von Tschepucha habe ich etwa die Scham übernommen, die Scham gelernt, seine Art, Scham zu artikulieren, sein leichtes Hervorspringen zuerst mit der Brust, dann aber vor allem mit dem Gesicht, wenn er im Begriff ist, ein anzügliches Wort zu verwenden, das er mit aufgerissenen Augen gleichsam zusammenhanglos ausstößt, ohne Einbindung, ohne Fügung in ein Satzganzes, mit einer Pause davor und danach, alleine in die Luft hinein entlässt. Das ist keine tief empfundene, verstörend berührende Scham, aber eine echte, deren Echtheit darin besteht, das er jene Worte in jenen Momenten nicht anders ausstoßen könnte. Diese Mimik der Scham bemerkte ich nun auch bei mir, ich hatte mir Tschepuchas Scham unbemerkt antrainiert und das zu beobachten machte mich froh.

Trotzdem, Tschepuchas Prostitutionsmonolog überzeugte mich nicht. Ich dachte, er wolle Nastja verkaufen. Tschepuchas Unmenschlichkeit trat jetzt klar zutage. Wie oft bei seinen ausschweifenden Vorträgen fasste er sich an seinen verletzten Kopf, der ihm schmerzte, was ihn aber zugleich noch mehr zum Reden anspornte in dem süßen Genuss der Macht über den eigenen Schmerz, aber auch ein bisschen so, als wolle er sich in den

Tod hineinreden. Ich rief den Arzt noch mal herbei und bat ihn, er solle sich doch Tschepuchas Kopfverletzung noch kurz anschauen. Tschepucha nahm seine Binde ab und der Arzt inspizierte interessiert das Geschwulst. Man müsse es unbedingt behandeln, auch wenn er noch überlegen müsse wie, sagte der Arzt. Er rief noch einen Assistenten zur Beratung herbei und sie wollten ihn wirklich dabehalten. Mit Nastja war also nichts, aber Tschepucha wollten sie gerne einziehen. Mir war nicht klar, ob das wirklich der medizinische Befund war oder ob sie auch Tschepuchas Tiraden mitangehört hatten und die restliche Welt vor ihm schützen wollten. Die Wunde war an einem Punkt, der es sehr schwer machte, die Körperkrankheit von der Geisteskrankheit zu unterscheiden. Sie wollten ihn einbehalten, ich aber sagte, ich würde ihn auch gerne behalten. Daraufhin stand Tschepucha auf und sagte: Ach, es sei doch gar nichts.

Wir gingen weiter und ich war fast überzeugt, Tschepucha wolle Nastja irgendwann verkaufen. Um Nastja vor ihm zu schützen, nahm ich sie von nun an meistens an die Hand. Ich brauchte sowieso etwas, womit ich meine Hände beschäftigen konnte, und es gab nichts Besseres als Nastja. Sie wollte aber meine Hand oft gar nicht und spielte stattdessen mit ihrem Telefon herum, das allerdings nur selten Empfang hatte. Hatte sie doch Empfang, rief sie immer sofort »Empfang, ich habe Empfang«. Tschepucha und ich kamen dann herbeigeeilt und sahen fast immer erschrocken, dass es stimmte. Nastja versuchte, ihre verstorbene Mutter anzurufen. Niemand wusste es eigentlich, nur Tschepucha und ich waren mittlerweile zu der Überzeugung gekommen, dass die Mutter tot sein musste. Wenn sie aber angerufen werden konnte, war nicht mehr ganz klar, ob sie nicht doch noch lebte. Nastja aber erreichte sie nie, auch nicht, wenn sie Empfang hatte. In letzter Zeit hatte sie seltener versucht, ihre Mutter anzurufen. Der Gedanke, dass sie ein Kind bekommen oder Prostituierte werden könnte, hatte sie womöglich befreit von dem Gedanken, unbedingt ihre Mutter erreichen zu müssen. Hatten wir sie vorher eher mitgeschleppt, so band die Episode mit dem umsonst erwarteten Kind sie fester an uns. Wenn Nastja meine Hand aber losließ, begann ich nachzudenken, nach hinten zu denken, in die völlig falsche Richtung, wie Tschepucha dann sagte, begann mich an einen Gesichtsausdruck zu erinnern, einen Augenaufschlag oder eine Sitzhaltung. Manchmal begann ich in Gedanken bereits Briefe zu schreiben. Nastja aber war mehr als ein Ersatzteil, mehr als eine Arznei, um die Wunden abgerissener Organe zu heilen, dachte ich mir. Tschepucha sagte immer, ich solle mich nicht grämen.

Im Krankenhaus hatten deutsche und englische Broschüren ausgelegen, Informationsbroschüren zur Verhütung und Krebsvorsorge neben Werbebroschüren von Automobilfirmen und Bildungseinrichtungen. Die Gesichter der Vorsitzenden prangten am oberen Eck der Kartons. Tschepucha sagte mir, ich könne ja einige mitnehmen und sie unterwegs verteilen. Solche Scherze häuften sich, er wurde immer verwirrter und bösartiger. Ich fand den schnippischen Tschepucha mit seinen Worten und Streichen jetzt albern und vermisste seltsamerweise plötzlich die Zeit bei der Alten, als der eine dasjenige sagte, was der andere dachte. Einmal schien er, dessen Motivation und Zielstrebigkeit in meinen Augen zu wünschen übrig ließ, endgültig stehen zu bleiben. Man merkte ihm an, dass er weg von uns wollte, es kaum noch mit uns aushielt. Als er schließlich tatsächlich sagte, er gehe jetzt, schritt Nastja jedoch ein und sagte: »Aber wir sind doch eine Familie!« Tschepucha fragte verdutzt »Familie?«, seufzte und lief weiter. Es schien trotzdem immer mehr so, dass Tschepucha die Sache mit der Fischfabrik eigentlich abgehakt hatte. Während ich darauf beharrte, dass ich nicht alleine weitergehen wolle, dass es unsere gemeinsame Sache sei, entgegnete Tschepucha mir immer wieder, dass es so etwas nicht mehr gebe und vielleicht nie gegeben habe – eine gemeinsame Sache. Tschepucha sagte, es sei zuerst seine Sache gewesen, nun aber auch meine, also seine, ein bisschen auch meine, vor allem aber seine, und es bleibe auch seine Sache, an der ich ein wenig teilhaben und helfen könne, wenn ich wolle. Wir fuhren weiter, das immerhin war nach diesem Gespräch geklärt. Die Frage aber, die mich zunehmend beschäftigte, war, warum wir so unglaublich langsam vorankamen. Laut Tschepucha bestand das ganze Problem in der Trägheit unserer Herzen und Gedanken. Ich dagegen versuchte nüchtern zu bleiben und mahnte, wir dürften nicht mehr so viele Zwischenfälle zulassen und durch nutzlose Abstecher vom Weg abkommen, wenn wir die Küste noch vor Wintereinbruch erreichen wollten. Es war zwar noch immer unglaublich heiß und hatte seit unserer Abreise von der Alten kaum einmal richtig geregnet, aber das kurze Sommerfenster drohte schon bald zu schließen.

Wir fühlten uns schmutzig, darum hielten wir es nicht lange aus im Zug. Kaum eingestiegen, passierten wir einen Gebirgssee und entschieden kurzerhand auszusteigen, um uns zu waschen. Als ich mit dem Kopf in das eiskalte Wasser eintauchte, war mir kurz, als könnte ich mit allem aufräumen, einen klaren Gedanken haben und die Zukunft neu ordnen an einer einzigen Linie entlang. Ich trank von dem Wasser des Sees. Fast vergaßen wir Nastja, die nicht schwimmen konnte, beim Waschen zu helfen. Tschepucha kümmerte sich dann um sie, so trieb ich noch etwas auf der Seeoberfläche herum, bis meine Haut so kalt war, dass ich meinen Körper nicht mehr spürte und mir war, als ob lediglich mein klarer leichter Kopf noch am Leben wäre und alleine stundenlang auf dem See herumtriebe, die Augen wie Löcher, in die der Himmel sich ausleert. Erst danach, zurück im Zug, erzählte mir Tschepucha, dass das Wasser dieses Sees heute heilig sei, weil in den Revolutionsjahren die an die Ufer des Sees geflohenen Mönche von den Bolschewisten in den See geschmissen wurden. Die Überbleibsel der Mönche schwimmen also bis heute in dem See herum und geben ihm seinen ganz besonderen, sakralen Status, wie mir Tschepucha erklärte. Wir haben uns also mit dem Leichenwasser der Revolutionsmönche gewaschen, dachte ich mir.

Am andern Tag füllte sich der ganze Waggon mit Schienen-
arbeitern, die sich vollkommen erschöpft auf den Liegen aus-
breiteten. Sie fuhren nach Hause zurück vom schon Jahrzehnte
unabgeschlossenen Bau der durch die umliegenden Sumpf- und
Berggebiete in den Norden führenden Schienen. Von Alkohol und Arbeit ganz ausgezehrt blickten sie mit hohlen Augen
gebannt auf uns, die wir wie ein aus der Umlaufbahn gefallenes,
abgebrochenes Planetenstück in die Sphäre ihres Arbeiterwag-
gons geraten waren. Maltritz erklärte mir, dass diese als Wächter oder Wachleute bezeichneten, von der Sonne verbrannten
Gestalten im Grunde als eigene Ethnie betrachtet werden könnten. Die intensive Arbeit und das Leben in der Natur bringe
ihren Körpern dieselbe einheitliche Deformation bei, ihr Geist
sei auf dieselbe Art konzentriert, schläfrig und exzentrisch, diese
Leute gehörten alle zu einem einzigen riesigen Stamm, der sich
in den letzten Jahrzehnten herausgelöst habe aus der großen
Masse und von dieser zugleich als widerlich und heilig betrachtet
werde. Zu Unrecht jedoch denke manch einer, sie hießen Wächter, weil man sie der Wächterei wegen in den Norden geschickt
habe, weil sie wachtig in der Sumpfesstille säßen. Vielmehr käme
ihr Name von dem gleichnamigen, vor allem in Sumpfgegenden,
aber auch auf der Erde vorkommenden Fieberklee, der sowohl
wandern als auch schwimmen könne. Die vor allem im Hochmoor wachsende Pionierpflanze des Fieberklees arbeite durch
ihre fortwährende Ausbreitung an der Verlandung von Sumpf-
gebieten, ringe dem Boden mühsam Fruchtbarkeit ab, erkämpfe
anderen Pflanzen ihren Lebensraum. Das nicht nur Fieber, sondern bei besonderer Zubereitungsart auch verschiedene Formen
von Wahn und Hypochondrie lindernde Fieberkleebitter, eine

vergessene Hausmedizin, benötigten die Sumpfschienenarbeiter jedoch nicht, weder zur Ernährung, noch zur Heilung, weil sie sich während der Arbeit Hirsche und Bären schössen, die sie gesund und kräftig machten, so Tschepucha. Mit dem Ende der Schiene voranwandernd und überhaupt heimatlos, vagierend, mit der ständigen Sehnsucht in sich, zuerst nach der Heimat, dann wieder nach dem Sumpf und dem wilden Norden, diese in Alkohol ertränkend, hätten die Gebirgssumpfhandwerker selbst allerlei von dem Fieberklee, der um sie herum wachse und mit dem sie überraschenderweise namensverwandt seien.

Da einer dieser von der Sonne dunkelhäutig gewordenen Hochmoorspezialisten mit seiner mächtigen Fahne, seinem wie angewachsenen Alkoholgeruch die ganze Nacht nicht aufhören wollte, seine heroischen Geschichten zu erzählen, ging ich auf den Flur, zwischen die Waggons, dorthin, wo ich mich immer aufhielt, wenn ich nicht schlafen konnte, um meinen unregelmäßig atmenden Körper mit einem Blick in die offene Landschaft zu beruhigen. Wir waren jetzt in den Bergen, fuhren auf einem Plateau, um uns kleinere Gipfel. Schon den ganzen Tag hatte man aus dem Fenster Hirtenfeuer gesehen, nun aber, in der Nacht, ergab sich ein ganz anderes Bild: Keine kleinen harmlosen Feuer, sondern glühende Stämme zeichneten die Landschaft. Kaum war ich in den luftigen und lauten Zwischenraum am Ende des Waggons getreten, hatte mich der Brandgeruch empfangen. Nun sah ich wenige Meter vor mir glühende Stämme eines gerade vergangenen Flächenbrands an mir vorbeiziehen. Vor den in der Nacht schwarzen Bergen und dem dunkelblaugrauen Himmel lagen die Stämme als glühende Kohlen in der Gegend verstreut. Die Hitze schlug mir ins Gesicht, aber ich mochte den

Geruch, mein Schädel kämpfte sich gegen Rauch und Hitze durch das kleine Fenster. Schwitzend und atemlos lehnte ich dort, als eine der Zugführerinnen herauskam. Sie hatte den Müll eingesammelt und nahm nun die über den Fenstern hängenden Aschenbecher hinzu. Durch die kleine Öffnung an der Kupplung zwischen den Waggons leerte sie die Aschenbecher aus, dann öffnete sie das Fenster und warf die Mülltüte hinaus, wo diese sofort in Flammen aufging. Ich hatte schon davon gehört, dass der trockene Sommer in den Torfgebieten jährlich seine Opfer zeitige. Nun fuhren wir, größtenteils schlafend, dachte ich mir, mitten durchs Feuer.

Ich fragte mich, wo wir eigentlich waren. Schon öfter hatte ich Tschepucha gefragt, wo wir uns denn gerade befänden, aber er hatte sich immer nur vage geäußert. Nur einmal hatte er gesagt, es sei noch weit bis Kjachta, wo wir aber nicht hinwollten. Ich hatte eine Karte kaufen wollen, um unseren Weg nachzuverfolgen, aber nirgends war etwas Ordentliches aufzutreiben, nur gelegentlich gab es Gebietskarten, die viel zu klein waren, winzig im Maßstab, ungenau und widersprüchlich. Für viele Gebiete gab es gar keine Karten und auf denen, die es gab, erinnerte nichts an jene Übersichtskarten, die ich mir früher einmal, in der Kindheit, aus einem größeren Atlas eingeprägt hatte. Auf den Karten, die ich fand, waren auch immer wieder größere Flächen vor allem an den Rändern nicht markiert, sondern nur mit einem Wort wie *leer* oder *wüst* bedruckt. Interessant, dachte ich mir, wäre es, dort hinzufahren und zu leben. Es schien mir die ganze Zeit, als glitten wir an der chinesischen Grenze entlang, doch vielleicht fragte ich Tschepucha danach mit einem zu sehnsuchtsvollen Ton, denn

er verneinte diese Vermutung immer und entgegnete, die europäischen Reisenden hätten schon immer geglaubt, jenseits der
Grenzfahnen hörten die chaotischen Zustände auf, lebten Chinesen *geordnet in Dörfern und bebaueten das Land*. Obwohl er
die Chinesen sehr gern habe, sagte Tschepucha lachend, das sei
ein Irrtum. In der Tat schaute ich auf die Karte und konnte eine
Weile nicht mehr den Gedanken aus dem Kopf bekommen, nach
China überzusetzen in die neue Heimat des Spielzeugwarenhan-
dels, die sogenannte Spielzeugschmiede der Welt. Ich hatte auch
gehört, dass die Kleinkinder dort keine Windeln trügen, sondern
von ihren Müttern große Löcher in die Hose geschnitten bekämen, und auch Tischtennis zu spielen hatte ich Lust. Entweder
zurück oder nach China, dachte ich mir jetzt, sah erstaunt auf
meiner eigenen Karte im Kopf, wie nah es war, ganz egal, wo wir
uns nun genau befanden, und glaubte auch in den Gesichtern
mancher Einheimischer eine gewisse Gelassenheit zu erkennen.
An den wirklichen Chinesen aber, den nach Sibirien eingewan-
derten Chinesen, gefiel mir, dass sie sich jeder Kommunikation
verweigerten, dass die sibirischen Einwanderungschinesen und
Arbeitschinesen, die wir in Zügen oder in billigen Unterkünften
trafen, konsequente Gesprächsverweigerer waren, das war mir
sympathisch, sie zu beobachten heiterte mich auf.

Nach einigen Tagen stiegen wir aus, um in einer riesigen Schiffsbaufabrik in ein Schiff umzusteigen, das den aus China kom-
menden Amur hinauf zur Mündung in den Tatarensund fuhr.
Wir wollten zuerst noch einige Schritte in der Schiffsbauerstadt
herumgehen, doch, wie sich nach einigen Metern herausstellte,
hatten wir vom Bahnhof aus die falsche Richtung eingeschlagen.

Was nach Stadt ausgesehen hatte, entpuppte sich als Dorf oder Wald, als von einer einzigen Straße durchquertes Gestrüpp. Am Rand dieser Straße standen die Ruinen der älteren Stadt, Gebäude aus einer Zeit vor der Erweiterung und Verschiebung der Stadt im Zuge der Gründung der militärischen Schiffsbaufabrik. Es waren zweistöckige Häuser, deren vereinzelte Renovierung scheinbar in den letzten Jahren aus persönlichem Interesse begonnen hatte, sodass billige Plastikdächer mit Satellitenschüsseln auf dem porösen Gemäuer fernöstlicher Jugendstilvillen aufruhten, einzelne Wandteile neu verputzt und gestrichen, andere nackt wie rohes Fleisch, so unvollendet und nur teilweise bewohnt versteckten sich die Häuser entlang der völlig zugewachsenen Straße, als wir an einer Kreuzung angelangt waren, Nastja plötzlich den Finger ausstreckte und auf den Boden zeigte: Vor uns kroch eine Schlange über die Straße. Im selben Moment, als ich die Schlange einige Meter vor uns erblickte und wir alle drei auf sie starrend bewegungslos innehielten, kam ein Moped vorbeigefahren, machte vor der Schlange Halt, fuhr dann einige Male mit vollem Gewicht über das sich windende, zappelnde Tier, bis der Fahrer abstieg, sie am Schwanz nahm und einige Male mit dem Kopf auf den Asphalt schlug, sodass sie sich schließlich nicht mehr bewegte. Dann drehte das Moped um, sein Fahrer bedankte sich bei uns, mit der Schlange in der Hand winkend, und fuhr davon. Ich war mehrfach erschrocken und fragte Tschepucha, ob wir noch in Sibirien seien. Er sagte nein, wir seien aus Sibirien raus, wir sollten jetzt etwas aufpassen. Er riet mir, nicht zu vergessen, dass die nicht weit von hier lebenden Völker nicht nur ehemals *neun Säcke voll Christen-Ohren* als Siegeszeichen mit sich herumgetragen hätten, sondern ähnliches auch heute noch in ihren Bräuchen pflegten und dabei immer selbst entschieden, wer Christ sei und wer nicht. Ich solle ein bisschen mehr Respekt haben, riet mir Tschepucha. Mir schien, er wolle mir Angst einjagen, mich lächerlich machen. In der Tat aber fühlte ich mich in dem plötzlich feuchten Klima und der neuen, urwaldartigen Vegetation ganz verwandelt.

Wir verließen den Wald und gerieten durch den Bahnhof ins eigentliche Stadtzentrum der Schiffsbaustadt, die, so Tschepucha, im Bürgerkrieg zu den roten Städten gehört habe, nicht zu den weißen, und nach dem Zerfall zu den blauen, nicht zu den roten, dabei seien die roten damals und die blauen später gar nicht so fern voneinander, so oder so – es sei eine Stadt von Verbrechern. Wir schlenderten durch die schöne, verbrecherische Schiffsbauerstadt und es war für Tschepucha bei allem guten Willen nicht mehr zu verheimlichen, dass seine Lust, noch weiter zu fahren, endgültig am Nullpunkt angelangt war. Er fasste sich auch immer wieder an den Kopf, gab es nicht zu, aber ich glaube, sein Kopf streikte, seine Verletzung hatte sich verschlimmert. Er wollte endgültig zurück und sagte, wir seien jetzt nahe des äußersten Ostens, hier sei nichts von dem, was wir uns erhofft hätten, in Erfüllung gegangen, besser sei es, zurück in den Westen zu gehen, im Westen liege schon immer die ganze Hoffnung auf ein besseres Leben, nicht im Osten, ich solle heimkehren, er würde mich begleiten. Ich, Osman, so Tschepucha, hätte mich geirrt, wie nun klar geworden sei. Er ging ein paar Schritte weiter und fuhr fort, ich müsse mich einmal fragen, ob es wirklich vorteilhaft sei, die Zukunft von der Vergangenheit so abzureißen, und ob es nicht im Gegenteil notwendig sei, den Punkt zu finden, an dem beide sich die Hand gäben, um auf diesem Punkt sein Haus zu bauen,

zu bleiben, Schluss zu machen mit dem nachgeahmten Nomadi-
sieren. Tschepucha wollte mir schon länger Heimweh einreden
und schien »zurück nach Europa« zu seiner Formel auserkoren
zu haben, mit der er mich beschwor, wenn wir uns stritten. Seine
brutale Art jedoch, durch persönliche Angriffe seine Lustlosigkeit auszuleben oder seinen Schmerz auf mich zu verschieben,
hatte ich mittlerweile kennengelernt, war wenig überrascht von
seinem Vorwurf und teilte ihm mit, dass zwar auch ich mittlerweile bereit wäre, die Fischfabrik vorerst links liegen zu lassen,
dass ich aber auf keinen Fall zurück wolle, sondern nach Süden,
genauer: nach China. Tschepucha hatte schon lange meine mangelnde Konzentration auf das Hier und Jetzt bemerkt und mir
öfter vorgeworfen, mich nicht gleichmäßig genug zu bewegen,
ständig stehen zu bleiben und an Dinge zu denken, die in Raum
und Zeit weit zurücklägen, dazu gebe es keine Notwendigkeit,
ich solle damit endlich aufhören oder ich solle zurück. Würde ich
die wirklichen Nomaden besser kennen, nicht nur die Phantasie-
nomaden, dann wüsste ich, dass bei der ständigen Suche nach
Weideland keine Vorstellungen von Heimat aufkommen könnten und man sich auch nicht mit der Idee eines Zieles quäle, dass
man sich mit kurzfristigen Einrichtungen begnüge, die Boden-
bindung immer gering und kurzfristig sei. Ich gab zu, ich fände
unsere ziellose Bewegungsweise anstrengend, weil man immer
wieder darüber entscheiden müsse, welchen Weg man zu nehmen habe, dabei habe man doch eigentlich keine Ahnung, wohin
man gehen solle. Tschepucha sagte, früher habe man einfach
die Knochen befragt. Er erklärte mir, die Befragung der Knochen sei der einfachste Weg herauszufinden, in welcher Richtung man weitergehen müsse. Man nehme drei Schafsknochen

direkt von den Schulterblättern, halte sie in der Hand, denke an seinen Plan, verbrenne sie und schaue, ob sich wenigstens einer der Länge nach spalte. Platzten sie aber der Quere nach, dürfe man in der angedachten Richtung nicht losgehen. Wo will er jetzt Schafsschulterknochen herbekommen, dachte ich mir, ohne Tschepucha zu antworten. Er gab gleich zu, das sei nur eine Anekdote und tue nichts zur Sache. Ich beschimpfte ihn, er lenke uns immer nur ab, er solle nicht ständig etwas anderes verzählen und seine Pläne ändern, wir befänden uns schließlich nicht auf einer Lustreise. Tschepucha entgegnete mir, ich solle nicht alles so schwernehmen. So stritten wir wieder einmal darüber, welcher Weg der bessere sei, wobei es Tschepucha sicher nicht um den Weg ging, sondern wie immer nur darum, mein Begehren zu stören, als sich Nastja einmischte und sagte, sie wolle unbedingt mit dem Schiff fahren, und zwar nach Norden, schließlich liege Nordkorea im Norden. Im Wissen, dass das nicht der Fall war, einigten Tschepucha und ich uns auf diese Lösung wohl nur, weil wir auf keinen Fall wollten, dass sich der Wunsch des anderen erfüllte. Vielleicht aber auch, weil uns der Gedanke, in zwei verschiedene Richtungen auseinanderzugehen, nicht gefiel. So stiegen wir also in das Schiff, fuhren weiter in Richtung der Fischfabrik, mit einer größer werdenden Unsicherheit darüber, was uns eigentlich hergeführt hatte.

Erst hier auf diesem Schiff hörte ich die Chinesen, einige chinesische Fischer das erste Mal sprechen, in einem wohl kaum jemand außer ihnen selbst verständlichen Sprachgemisch mehrerer offizieller und inoffizieller Sprachen, vor dem auch Tschepucha hilflos war. Es war ein kleines Passagierschiff, das den unbestimmten Namen *Meteor* trug. Diese tungusischen Schiffe, die aus zwei gleich großen Räumen mit mäßig bequemen Sitzen bestehen und die darin sitzenden und im Raucherbereich sich drängenden Menschen, sowie die kleinen Jungs, zu denen ich mich zählte, die ihren Kopf an einem extra dafür vorgesehenen größeren Loch vom Deck in den Fahrtwind strecken, die Alten und die Fischer, welche das Schiff in ihre von jeder Straße meilenweit entfernten Landhaussiedlungen bringt – all das mochte ich. Hier, wo es überall nach Fisch stank, wo aus den großen Taschen der Karpfen tropfte, saßen wir angenehm und blickten hinaus auf die zahllosen kleinen Inseln des Amur, der, so Tschepucha, auf einigen alten Karten nicht nach Norden, sondern nach Süden fließe. Er verstehe das nicht, lästerte Tschepucha, das habe doch nichts mit Geographie zu tun, so blöd könne man doch nicht sein. Bekanntermaßen flössen alle sibirischen und fernöstlichen Flüsse nach Norden und seien deshalb, Gott sei Dank, zu nichts nutze. Wir fuhren auf dem auch *schwarzer Fluss* genannten Gewässer, das eigentlich weniger ein Fluss als eine Flusslandschaft war, mit tausenden Armen, Verzweigungen und Seen, auf seinem braunen Wasser, von dem die einen sagen, es sei so braun, weil die Chinesen dort ihren Müll hineinkippen, während die anderen behaupten, das hellbraune Wasser erkläre sich durch den weichen schlammigen Boden, im Großen und Ganzen handle es sich um einen Heilschlamm, vor dem man sich nicht zu fürchten brauche. Nichts hielt uns davon ab, das Amurwasser zu testen, nur auf den kleinen Inseln und Küstenstrichen standen überall Schilder, die vor dem Betreten des Landes warnten, als ginge der Moosboden beim ersten Tritt gleich unter oder als lauerten direkt hinter dem ersten Gebüsch

107

die Raubkatzen. Im braunen Amurschlamm, so erzählt man, schwimmt seit der Explosion einer chinesischen Chemiefabrik Benzol den Flusslauf hinab, verunreinigt nicht nur das Wasser, sondern lagert sich auch im Winter am Grund ab, wird vor allem in besonderer Konzentration von den Fischen aufgenommen und landet so in den Menschenkörpern. Erst durch die Fische nähmen die Leute das Gift zu sich, erklärte mir Maltritz, denn im Fisch sammele sich das Nitrobenzol an. Darum gebe es ein Fischfangverbot, die Anwohner aber, vor allem die seit Jahrtausenden dort lebenden Nanai, die zum Frühstück, zum Mittagessen und zum Abendessen Fisch äßen, für die Fisch wichtiger sei als Brot, missachteten das Verbot, weil sie nur durch und für den Fisch lebten, den sie roh äßen, so sehr mögen sie ihn, sagt Maltritz. Die zum Laichen in Scharen die Flüsse heraufschwimmenden Salme aber, die den Fluss vor der großflächigen Vergiftung bis zum Bersten angefüllt hätten, kämen kaum noch vorbei. Die Leute hier fertigten sogar ihre Stiefel aus Fischhaut an, was ihnen vermutlich von ihren Urvätern tradiert worden sei, die hier schon gelebt und die entwickeltsten Kulturen formiert hätten, als man andernorts noch Schwimmflügel gebraucht habe, so Maltritz. Darauf würden die zahlreichen in der Region zu besichtigenden Petroglyphen dieser archäologischen Antike hindeuten, die nur aufgrund eines unerträglichen Klimawandels zum Mittelmeer abgewandert sei, so kolportierte Maltritz die neueste Geschichtstheorie, als wir gerade ein Dorf namens Dada passierten. Wozu aber, entgegnete ich, brauche man eine archäologische Antike? Sind wir jetzt, dachte ich mir ziemlich verwirrt, in einer neuen Welt oder in einer alten? Wäre nicht eine neue Welt besser als eine alte? Warum zum Teufel wollen alle eine alte Welt?

Den immer kränker werdenden Völkern hier stünden, so Maltritz, etwas nördlicher die gesunden Rentiervölker gegenüber. Diese nämlich äßen die Geweihe ihrer Rentiere, um ihre Potenz zu steigern. Die weichen flaumigen Geweihe, Schwänze und zu Pulver gemahlenen Hoden der Rentiere würden heute von Wilderern für nicht unerhebliche Summen als Aphrodisiaka nach Japan und Korea verkauft. Deshalb mache man sich hier, seitdem die Japaner und Koreaner diese heißbegehrten Substanzen entdeckt hätten, im Bewusstsein der privilegierten Lage keine Sorgen mehr um die eigene Gesundheit. Diese nördlichen Völker weit jenseits des Amur, die Eisblöcke als Trinkwasservorrat lagerten und bei Bedarf über dem Feuer schmolzen, schienen es ihm angetan zu haben. Die kleinen Völker etwas südlicher dagegen, so Maltritz, hätten allgemein eine schlechtere Verfassung, degenerierten schneller, vermutlich, weil sie ständig die um die Städte herum sich ausbreitenden Gifte zu sich nähmen. Die armseligen, vom Fisch lebenden Nanai am Ufer des Amur seien also nicht zu verwechseln mit den nördlicheren Völkern und ihren Rentierhoden. Der Amur nämlich, nach dem auch ein Fisch benannt sei, der Graskarpfen, der an einem Tag mehr fressen könne als er wiege, werde fälschlicherweise häufig als Fluss der Liebe apostrophiert, als Fluss des Gottes Amor missverstanden. In Wirklichkeit sei hier wenig Liebe übriggeblieben, so Tschepucha, nur noch Hunger.

Dann sprach er noch weiter vom Verschwinden der Ainu. So verlor sich Tschepucha wieder einmal in seinen Ausführungen, aber mich störte die angebliche Verseuchung des Flusses gar nicht, mir gefiel es hier. Anders als beim glasklaren und doch völlig verseuchten Gewässer der Bruderstadt konnte man durch das

Amurwasser zwar nicht hindurchschauen, schloss jedoch recht schnell die Farbe ins Herz, die sich mit dem borealen Gebiet an seinen Ufern gut vertrug. Hinter mir standen jene, denen langweilig war, und betranken sich, und jene, die hungrig waren, aßen eine chemisch-chinesische Suppe oder Salzfischchips, während zwischen uns Kinder herumtobten, denen der Platz zu fehlen schien, denen aber nicht schwindlig wurde, und ich dachte mir: Hier könnte ich leben, als Kapitän über den anderen sitzend, die endlose Weite bestaunend, mit einer Kapitänsmütze, groß und leicht zylinderförmig, ein Radio neben mir, das nur ein oder zwei Mal im Tag sein Rauschen unterbricht, und ein Funkgerät, woraus gelegentlich eine freundliche Damenstimme tönt. Das Schiff fuhr nicht schnell, streckte man jedoch den Kopf hinaus, begann man trotzdem die Augen zuzukneifen. Alles war nun etwas heiterer, das Schiff war ein Glücksfall, uns allen gefiel es. Tschepucha, der sich die ganze Zeit im Raucherbereich aufhielt, schwärmte vor allem davon, dass sich in diesem Schiff jedermann jederzeit, wenn er Lust dazu habe, hinausstürzen könne. Es gefiel ihm, dass es keinerlei Sicherheitsvorkehrungen gab und man sich jederzeit über Bord werfen konnte. So genossen wir die Fahrt, das umtriebige Leben auf dem kleinen Schiff mit den vielen Kindern, unter denen auch Nastja Freunde fand, und obwohl die Bewegungsfreiheit gering war, hatte ich doch das Gefühl, mich endlich einmal frei bewegen, meine Glieder etwas strecken zu können und durch die vom Fahrtwind in Bewegung gesetzte Landluft auch die schwüle stickige Nässe von Fernost zu vergessen.

So muss ein Lächeln auf unseren Gesichtern gewesen sein, als ich bemerkte, dass tatsächlich jemand vom Schiff gestürzt war, zu den schockiert, empört und leicht höhnisch umherrufenden Passagieren hinzueilte und sah, dass es Nastja war. Vielleicht hatte sie Tschepuchas Suizidphantasien zu aufmerksam angehört, vielleicht war sie auch einfach herausgepurzelt, das Schiff hielt auf jeden Fall an und entsandte ein kleines Schlauchboot. Glücklicherweise war sie sofort mit einem umherschwimmenden Ast kollidiert, verlor dort ein Kleidungsstück und hinterließ somit ein Zeichen, wo sie untergegangen war. Die Männer, die nach ihr tauchten, brauchten lange, fanden sie aber und brachten sie zurück. Tschepucha, der von alledem nichts mitbekommen hatte, kam erst jetzt hinzu und musste gemeinsam mit mir sehen, wie man Nastja, deren Herz noch schlug, die aber die Augen nicht öffnete, minutenlang das dunkle Amurwasser aus dem Körper sog und klopfte. Sie schien bis ins Innere der Knochen hinein durchnässt. Die ganze Nacht saßen wir neben ihr und hielten ihre Hand, um zu überprüfen, ob sie abkühlte. Auch andere Männer, darunter ihre Retter, Chinesen, waren noch da, waren, seitdem sie Nastja aus dem Fluss gefischt hatten, noch nicht von ihr gewichen und meinten, wir müssten uns ausweisen, um zu belegen, dass sie zu uns gehörte. Tschepucha nahm auf diese Forderung keine Rücksicht, ich dagegen machte mir Sorgen, wir könnten Nastja verlieren, an den Amur oder an die chinesischen Fischer, die nach ihrer Rettungsfahrt einen berechtigten Anspruch auf die noch nicht wieder zum Leben Erwachte hatten. Erst am frühen Morgen, als Nastja sich noch immer nicht gerührt hatte und vermutlich nur noch wir, Tschepucha und ich, an ihre Wiederauferstehung glaubten, schliefen die anderen Männer ein. Wir trugen Nastja auf die andere Seite des Schiffs, wickelten sie in einige Decken und Jacken ein und erwarteten ungeduldig den Moment der Ankunft, das Verlassen des glückseligen, des unheilvollen Tungusenschiffs.

Angekommen wieder etwas nördlicher, nahe der Amur-
mündung, stiegen wir in einen Bus, der uns weiter in Richtung
der Fischfabrik und auch wirklich in die Nähe derselben bringen
sollte, auch weil man uns sagte, an der Endstation befinde sich
eine Pension, wo sich Durchnässte und Durchfrorene gut erholen könnten. Darüber freuten wir uns, denn sogar Tschepucha
und mir war plötzlich etwas kalt geworden. Vielleicht war es nur
der Anblick Nastjas, die wie eine Mumie von Kopf bis Fuß ein-
gewickelt war, aber ich glaubte die nördliche Breite zu spüren,
der kurze, heftige Sommer schien in der letzten Nacht seinen
Abschied gefeiert zu haben. Von der weichen Farbe des Amur-
schlamms gewärmt, war uns der Temperatursturz der letzten
Tage auf dem Schiff gar nicht aufgefallen, dachten wir nun
beim Warten auf den Bus. Ich war endgültig verwirrt, als es auf
dem Weg zur Pension plötzlich in sandkornartigen Flocken zu
schneien anfing.

Der Bus fuhr uns hinein in eine sumpfige, hügelige Krüppel-
birkensteppe. Wären nicht die größer werdenden Schneeflocken
und das Düstere des Himmels gewesen, hätte man zu unserer
Linken am Horizont vielleicht schon das Ochotskische Meer
ausmachen können oder zu unserer Rechten in der Ferne den
Tatarensund, erklärte mir Tschepucha. Wir waren die letzten Fahrgäste und der Bus setzte uns vor einem großen, aber

niedrigen gläsernen Kubus ab, zu dem wir an einer kleinen Dispatcher-Hütte vorbei eilten und eintraten. Von innen, wo man weich saß, sah man zu allen Seiten hinaus, da die Fenster die Wände verschluckten, nur nicht nach oben – die Decke ahnte man immer in der Nähe des Kopfes. Was man uns als Pension beschrieben hatte, fühlte sich eher wie eine Bar an, wie ein Hotelfoyer ohne Hotel oder eine am späten Abend geöffnete Kantine. Wir ließen uns Filzdecken bringen, in die wir zuerst Nastja noch einmal etwas sorgfältiger einwickelten, dann uns selbst, als ich, im Eck liegend, eine Stimme in einer mir altbekannten Sprache reden hörte. Ein alter Mann wunderte sich über den Schnee und sagte, es sei zu früh für Schnee, er könne sich nicht erinnern, dass in den letzten zwanzig Jahren hier einmal zu dieser frühen Zeit Schnee gefallen sei. Es handle sich um eine Anomalie, eine unerklärliche Verirrung des Wetters. Aber es war niemand da, der ihm zuhörte, es verstand ihn wohl keiner. Dann kam ein anderer hinzu, der zumindest begriffen hatte, worum es ging, und antwortete mit starkem Akzent, mehrere Male mit dem Finger ins Außen des Raumes deutend: »Schnee? Warum nicht, warum nicht? Alles ist möglich.«

Tatsächlich wurde der Schnee in den folgenden Stunden immer mehr und hatte sich am nächsten Tag zu einem tosenden Schneesturm gesteigert. Wir waren gezwungen, an diesem angenehmen Ort zu bleiben, und wehrten uns nicht dagegen, wenngleich es keine Zimmer oder Betten gab. Man saß wie in einem Café, wie in einem Raumschiff oder einem riesigen Fahrstuhl und konnte sich nur auf den Boden oder höchstens quer auf die Bänke legen, denn es war viel Platz, die Gäste verloren sich etwas in der Weite des Raums. Hier war es gut. Auch Nastja wachte am folgenden

Tag wieder auf und war sogar recht schnell wieder ganz munter. Es lief Musik aus dem neuen Jahrtausend, die Pausen waren länger als die Klänge, man konnte darin die Orientierung verlieren und neu gewinnen, mich beruhigte das. Alles in allem wunderte ich mich über die Modernität dieses Ortes hier an der äußersten Peripherie. In der Ecke war ein Firmenschild des Investors angebracht. Man sagte uns, der Besitzer sei zugleich der neue Inhaber der einige Dutzend Kilometer von hier entfernten, brachliegenden Fischfabrik, befinde sich jedoch am anderen Ende des Landes und lasse sich seit Jahren nicht blicken.

So saßen wir da, tranken, aßen und sahen aus den gläsernen Wänden, wo nur noch ein einziges Weiß war. Auf den bequemen Bänken sitzend fühlten wir uns ein bisschen wie im Kino im Moment des Filmrisses. Der Schnee war nicht in Flocken zu sehen, sondern identisch mit der trockenen Kälte, der eisigen Luft, wie Myriaden winziger weißer Steinchen, trocken und hart fiel er vom Himmel, als wäre er etwas ganz anderes, als wäre er nicht er selbst. Mehrere Tage saßen wir hier herum, um uns vor der aus der Ordnung gefallenen Natur zu bewahren, dem im Spätsommer aus den Jahreszeiten herausgefallenen Schneesturm, dessen Verstreichen wir abwarteten, ohne viel zu tun, hier, wo die Buslinie endete, von wo aus wir die letzten Kilometer zur Fischfabrik zu Fuß zurücklegen wollten. Nastja war aufgewacht und auch munter, aber es war seltsam: Sie spielte hier nicht. Vielleicht, dachte ich mir, ist sie nach ihrem waghalsigen Sprung ins dunkelgiftige Wasser erwachsen geworden und spielt von nun an überhaupt nicht mehr. Vielleicht war sie aber auch nur erschöpft, noch nicht bei Kräften und ohne Lust, die alten Spiele fortzusetzen. Tschepucha unterhielt sich, flirtete manchmal mit der Hostess, redete aber ansonsten auch wenig, wir erholten uns. Anders als die Busfenster bei den Wogulen waren die Scheiben hier so sauber, dass sich unsere Gesichter und die der anderen Gäste darin spiegelten. Die Spiegelbilder schienen den Raum bis zum Horizont auszufüllen, sie verliefen endlos im Weiß des Schnees, der alles zugleich nahbrachte und fern entrückte. Wenn einer hereinkam und die Tür aufmachte, hörte man ein Rauschen und wusste nicht, ob es der Sturm war oder vielleicht schon das Meer.

Es gab hier allerlei zu essen. Der Fisch war nicht gut, aber reichlich. Beim Essen lernten wir die anderen besser kennen, die neben uns diesen flachen, im Nichts stehenden Glaskubus bewohnten, einen Durchgangsort, der seine Stelle im System eingebüßt hatte, an dem man für immer hätte bleiben können und in dem nicht wenige Figuren herumsaßen, die sich wohl dafür entschieden hatten, hierzubleiben, oder immer wieder zurückkehren mussten im Glück der Wiederholung. Wir verstanden, dass sie von überall hergekommen waren – Schorzen, Kalmücken, Chakassen und Tuwinzer, Evenki und Burjaten, Jakuten und Nanai, Reste der antiken Urbevölkerung des Landes, alle saßen sie hier herum. Abgesehen von den Nanai, die familienähnliche Grüppchen bildeten, waren es hauptsächlich alte Menschen, Einzelexemplare, die sich hierher gerettet hatten. Hinzu kamen lediglich einige Invaliden und zufällige Gäste wie wir. Viele waren krank, der Skorbut hatte sie gezeichnet. Es war wie eine Arche ohne Boot, eine Arche auch ohne Rettung und Zukunft, ohne laut zu hörende Katastrophe, eine Arche zum friedlichen gemeinsamen Verlöschen. Manche tranken klaren Selbstgebrannten, andere bevorzugten Milchschnaps. Sie wirkten, wenn sie nicht schliefen, sehr wach, konzentriert und besonnen, höflich, nachsichtig und zuvorkommend. Kleine Fläschchen mit Schnupftabak wurden herumgereicht. In ihren Mienen war die gleiche Erleichterung zu erkennen, die wir auch auf dem schneegespiegelten Glas in unseren eigenen Gesichtern sahen, seit wir hier eingetroffen waren. Das Sterben schien hier leichter zu fallen. Ich verstand langsam, dass es eine Art Hospiz war. Einige kamen her, um sich totzusaufen. Mit diesen Totsäufern verstand sich Tschepucha gut. Einige spielten Karten oder Schach. Erst spät fiel uns auf, dass zwei Chinesen in der Ecke auf einer Tischtennisplatte sich mit einer beeindruckenden Gleichmäßigkeit den Ball zuspielten. Das Geräusch des auf der Platte aufprallenden Balls hatte sich unbemerkt mit der monotonen Musik vermischt.

Dem alten Tschepucha gefiel es sehr, zu sehr, ich ahnte, dass er hierbleiben wollte, vieles sprach dafür, dass er die Energie, von hier wegzugehen, nicht mehr aufbringen würde. Auch drohte er eine Verbindung mit der charmanten Hostess einzugehen. Ich aber wollte unseren Plan noch in die Tat umsetzen und nicht zu lange hier festhängen, jetzt, da wir die Fabrik schon so nahe vor Augen hatten, wenngleich auch ich glücklich war hier. Ich bat ihn, mir wenigstens den Weg noch zu zeigen, er könne dann gleich zurückgehen, wenn Nastja und ich die Fischfabrik erreicht hätten. Was ich mit Nastja wolle, sie sei doch zu nichts nütze, raunte Tschepucha bösartig, aber leiser als sonst, man könne sie geradewegs wegschmeißen, sie helfe uns nicht weiter. Schließlich konnte ich ihn doch überreden mitzukommen, manchmal sagte er sogar mit leuchtenden Augen »Oh ja, die Fischfabrik«, dann wieder wollte er seine Hilfe nur als freundschaftliches Zugeständnis, für das ich eigentlich bezahlen müsste, verstanden wissen. Alles in allem hatte sich der Zustand seiner Verwirrung hier weiter gesteigert und doch schien er manchmal ruhiger als zuvor. Ich dachte darüber nach, wie ich ihn auf dem Weg die Pension vergessen lassen und auf andere Gedanken bringen könnte, denn ohne ihn, dachte ich mir, wüsste ich auch nicht weiter, alleine mit Nastja in dem vermutlich ausgestorbenen Fischerdorf.

Zwischen den kleinen, vereinzelt in der Landschaft stehenden Birken, unter dem fehlenden Dach des Birkenwaldes entlangstreifend, fast ohne Schneespuren zu hinterlassen, liefen wir durch das Hochmoor in Richtung des Meeres. An die sich noch in meinem Kopf befindende Karte denkend stellte ich fest, dass wir mit unserem Weg von der Alten aus bis hierher auf der Karte einen Halbmond gezeichnet hatten. Der nahe, steppenartige Himmel verfinsterte das Land und ich glaubte, den runden Erdball unter den Füßen zu spüren. Ich verstand, dass die Erde rund und ausweglos war. Der Wald, so ergriff Maltritz noch einmal das Wort, sei hier ganz alt, obwohl er ganz jung aussehe. Ich sah gar nichts von einem Wald, es war vielmehr ein einziges Gestrüpp, doch beim Laufen und dem Wort Wald kam mir ein Gedanke und ich fragte Maltritz, wo die in den Revolutionsjahren in die Wälder verschwundenen Bauern geblieben wären, die Verwilderten, die Verwilderungsexperten. Wahrscheinlich seien sie gestorben, aber wer, so Maltritz, wisse das schon, das könne man ja nur wissen, wenn man selbst in den Wald gehe. So wie sie in den Wald fortgingen, in das, was übriggeblieben sei von dem Wald, seit die Chinesen begonnen hätten, ihn abzuholzen, um bei sich die Versteppung aufzuhalten, könne man nur, ohne zurückzukommen.

Zuerst war es leicht, hier zu laufen, weil der Raum eine Dimension weniger zu haben schien: Es fehlte die Tiefe. Doch nach einer Zeit wurde es beschwerlich, durch den sandigen Neuschnee zu stapfen. Tschepucha lief beharrlich hinter mir, wie um zu zeigen, dass er eigentlich keine Lust mehr hatte und umkehren wollte, es war, als müsste ich ihn tragen. Mit dem Blick von Tschepucha im Nacken konnte ich mich nicht wirklich auf das Laufen konzentrieren, fühlte mich beobachtet, beaufsichtigt, misstrauisch beäugt. Die Tage in der Pension hatten uns nur oberflächlich versöhnt. Um dem Gedanken an Tschepucha, den ich hinter mir wusste, zu entgehen, versuchte ich mich auf Nastja zu konzentrieren, die vor mir lief und den Weg zu kennen schien. Nastja war mir das Mittel, durch das ich Tschepucha vergessen wollte, hätte man seinen Schritt nicht so deutlich gehört, denn sein Schritt war viel lauter als Nastjas, die beinahe über die Erde schwebte.

Nun gingen wir endlich unserem Ziel entgegen, doch ich fürchtete mich etwas vor der Fischfabrik. Ich brauchte einen anderen Gedanken, darum war es gut, dass Maltritz wieder zu erzählen begonnen hatte, vor allem über die Vegetation in dieser Gegend, über das schmalblättrige Wollgras und darüber, dass man hier den Dauerfrostboden einmal habe nutzen wollen, um die halbe Menschheit darin einzufrieren bis zu jener lichten Zukunft, in der man dem Menschen die Unsterblichkeit in soliden Portionen medizinisch verabreichen könnte. Unter unseren Füßen, so Maltritz, lägen in den Gedanken der Dauerfrostbodenutopisten die gesunden Körper der besseren Hälfte der Menschheit, durch schmale Röhren einige hundert Meter unter den Boden befördert, glücklich und jenseits der Geschichte in ihren Eisgräbern liegend. Hier, vielleicht nicht genau hier, aber irgendwo hier oder in einer ähnlichen Gegend wäre fast eine die Welt versammelnde Stätte des Aufbegehrens gegen den Tod hingepflanzt worden, weil man gedacht habe, hier wäre es leicht, die Scheintoten zu konservieren, unten im Eis könnte man sie massenweise stauen, bis man wüsste, wie man sie wieder anschalten könnte. Aber man habe den Gedanken aufgegeben, vermutlich habe man feststellen müssen, dass es zu viele Menschen gab, die weiterhin Kinder machen wollten und sich davon auch nicht würden abbringen lassen. Vor allem aus den südlichen Ländern, wo die Sonne warm ist und die Haut braun, das hätten die klugen Köpfe aus dem Norden nicht bedacht, aber irgendwann gemerkt, und dann wäre es zu voll auf der kleinen Erde, gerade heute, da die Erde ja von Tag zu Tag kleiner werde, sagte Maltritz, »das ist erstaunlich«.

In mir machte sich das boreale Klima breit, während Nastja Pinienkerne aß. Aus einer Gegend, in der die Bäume noch etwas höher waren, hatte sie einen ganzen Sack von Pinienzapfen mitgenommen, den sie seitdem mit sich herumschleppte und von dem sie immer noch zehrte. Ihr neues Gebiss taugte dafür nicht, aber mit dem Daumen und einem ihrer drei Zähne konnte sie die Schale ganz gut aufbrechen, sammelte die Kerne und aß sie dann später in größeren Mengen mithilfe des Gebisses. Zwischen dem Knacken von Nastjas Pinienkernen und dem Knirschen der Schritte im Schnee hörte ich irgendein Geräusch aus der Ferne und fragte Maltritz, ob er es auch gehört habe. Er meinte nein, er habe nicht hingehört, vielleicht aber sei es ein verfrüht heulender Hund gewesen. Die schlittenfahrenden Bewohner Kamtschatkas, die Korjaken und Itelmenen, *pure Heyden,* die Tahitianer des

Nordens, Spezialisten im Eichhörnchenfang, würden ihre Toten entweder an Bäumen aufhängen oder den Hunden vorwerfen, da diejenigen, welche die Hunden fräßen, in der anderen Welt mit umso schöneren Hunden fahren dürften. Die langhaarigen Schlittenhunde Kamtschatkas lasse man den Sommer über frei herumlaufen, damit sie sich vollfressen könnten mit Fischen. Hätten sie genug, so äßen sie nur noch die Köpfe der Fische und ließen den Rest liegen. Im Spätherbst binde man sie an, damit sie hungerten und sich des Fetts entledigten. Man höre sie von da ab den ganzen Winter lang Tag und Nacht mit grässlichem Geheul ihre Not beklagen. Die dann *furchtsam und melancholisch* an ihren Lederriemen hängenden Tiere äßen winters nur ein paar an der Luft getrocknete Fische und bekämen von den vielen Gräten immer ein blutiges Maul, so Maltritz.

Das Geräusch, das ich gehört hatte, war weniger dem Heulen eines Hundes als dem Seufzen eines Menschen ähnlich gewesen, doch ich konnte es vergessen, da die Erzählung von Maltritz mein dürftig gewordenes, kläglich geschrumpftes Raumgefühl verbesserte. Wir steuerten die Grenze von Japanischem und Ochotskischem Meer an, zu unserer Rechten Sachalin, links Kamtschatka, so stellte ich es mir vor. Nie habe jemand, so Maltritz weiter, einen natürlichen Itelmenen gesehen, da man diese schon vor Ankunft der Europäer mit Alkohol und Tabak versorgt habe, woraufhin sie begonnen hätten, sich gegenseitig zu bekämpfen bis zur Ausrottung. Anders die Korjaken, die sich auch ohne die Europäer schon immer eifrig betrunken hätten mit Birkensaft in ihre nackten Mäuler hinein. Die Korjaken seien zwar ohnehin Leute mit *wenig Haaren ums Maul*, doch diejenigen, die sie noch haben, *rauffen und ziehen sie vollends raus*. Um sich zu betrinken, würden sie Birkenrinde und verfaulte Fische in der Erde vergraben, begössen diese mit heißem Wasser und *söffen sich voll und toll* mit dem Zeug, das einen unglaublichen Gestank habe, sodass selbst die Reußen, die sonst einiges vertrügen, davonlaufen müssten. Mit großem Appetit verzehrten sie das Zeug, das *wie das ärgste Aas und Unflat stinke*, und während die Europäer in Ohnmacht fielen, sprächen sie, *es sei gut sauer.*

Besonders aber die Itelmenenkultur sei Gegenstand von Bewunderung gewesen, vor allem die *Arien der Itelmänen*, ihre europäische Maßstäbe überbietende Vokalpolyphonie im Gesang, aber auch die völlige Abwesenheit von Geld und die konsequente *Bezahlung durch Beyschlaf* habe fasziniert. Immer sei die Faszination für die Heiden Kamtschatkas groß gewesen, welche nur ein paar wenige abstruse Vorstellungen in Sachen der Religion hätten, so ihre Angst vor den Eidechsen. Die Eidechsen seien für die Itelmenen Spione und Kundschafter des unterirdischen Reiches, welche die Menschen auskundschafteten und ihnen den Tod ankündigten. Wenn die Itelmenen eine Eidechse sähen, so Maltritz, sprängen sie gleich mit dem Messer auf sie zu und würden *sie in Stücke schneiden, daß sie keine Nachricht von ihnen bringen möge.* Vielleicht auch deshalb, wegen ihrer Unverdorbenheit im Zerschneiden von Eidechsen, habe die Nation der Itelmenen als von Gott begnadigt gegolten. Bei keiner anderen heidnischen Nation sei die Hoffnung so groß gewesen, sie innerhalb kürzester Zeit zu guten Christen zu erziehen. Der Itelmene könne sich, so habe man damals mit Bewunderung festgestellt, durch die Arzneikräuter, die überall um ihn wachsen, jederzeit selbst helfen, ungeachtet dessen, dass *seine philosophische Theorie höchst lächerlich herauskomme.* Man habe auch geglaubt, dass die Fähigkeit der Itelmenen zur Selbstironie den Fremden zum Vorteil gereiche. Die Itelmenen nämlich könnten *sich selbst belächeln, ja ihre eigene Blindheit verhöhnen*, seien aber deswegen noch keine *lehrbegierige Nation*, so Maltritz, das sei ein schwerer Irrtum. Ihnen bei ihrer philosophischen Theorie zu helfen, halte man bis heute für notwendig, habe aber zu schnell vergessen, dass es selten irgendwo so viele Scharmützel wie bei der Okkupation Kamtschatkas gegeben habe, ihre Lieder seien in Wahrheit, so Maltritz, ein reiner und trotziger Gegengesang.

Während ich heimlich noch immer gegen die Ernüchterung ankämpfte, dass Kamtschatka gar nicht so weit weg und unerreichbar und überhaupt die Welt vielleicht keine Welt mehr, sondern geschrumpft war, als habe man die Luft aus ihr gelassen, hatten wir schon fast die Berge erreicht. Man hatte uns gesagt, man erreiche das Dorf mit der Fischfabrik am leichtesten über die Berge, nachdem man einen kleinen Fluss überquert hat. Der Fluss sei vielleicht nur über eine kleine Brücke passierbar, vielleicht aber auch schon gefroren, sodass wir auf den nun vom Schnee frisch bedeckten und kaum sichtbaren Weg nicht achten müssten und den Fluss einfach zu Fuß überqueren könnten, die ohnehin nicht besonders stabile Brücke außer Acht lassend. Als wir den Fluss erreichten, sahen wir die Brücke nur einige hundert Meter entfernt und entschieden uns, den Weg über die Brücke zu nehmen. Denn wenngleich der Fluss leicht gefroren und mit Schnee bedeckt war, wussten wir nicht, ob das Eis uns wirklich halten würde. Vor allem Nastja, die wieder ganz bei Kräften war, wollten wir vor einem neuerlichen Unheil bewahren. Nastja erinnerte mich jetzt, da sie wieder ganz munter war, an jene zweiteiligen Stehaufmännchen, die man hier in der Gegend besonders gekonnt und variantenreich herstellte, die so rundliche Personen darstellten, dass man sie auch gut in die Tasche stecken und durch die Gegend tragen konnte, ohne sie zu beschädigen.

Uns war bisher kaum jemand entgegengekommen außer ein paar eingeborenen Fischern. Als wir aber die Brücke betraten, kam uns eine junge Frau im Pelzmantel entgegen. Wie vom Blitz getroffen sprach Tschepucha die Frau sofort an und fragte sie, woher sie den Pelz habe. Er bat sie, an dem ungeheuer vollhaarigen Zobelfell riechen zu dürfen und schmiegte sein Gesicht daran. »Ein wunderbarer Pelz, ein wunderbarer Pelz«, sagte er immer wieder und bat uns, auch hinzuzukommen. Die Frau war unter dem Pelz kaum erkennbar, aber um sie schien es Tschepucha auch nicht zu gehen. Er fragte sie, für wie viel er ihr den Pelz abkaufen könne, aber sie erwiderte nur, der Pelz sei unverkäuflich, ein Geschenk, mit Geld könne sie hier sowieso nicht viel anstellen. Hauptsache es ist warm, wenn der Winter kommt, dachte ich mir. Tschepucha verfiel in Nachdenken und überlegte, was zu tun sei. Schließlich verkündete er uns, mit der jungen Frau gehen zu wollen, um dem Pelz nahezubleiben. Ich, der ich die Brücke schon fast überquert hatte, um meine Ungeduld zu signalisieren, nannte Tschepucha heimlich einen Vollidioten, stöhnte aufgrund seiner Dünnhäutigkeit, fasste mir ob seines sinnlosen Gepelzes an den Kopf, rieb mir die Augen, wie ich es immer machte, bis sie rot wurden und sagte ihm dann lautstark, er solle mit dem Unsinn aufhören und rüberkommen. Seltsam war, dass Nastja auf halbem Weg zwischen mir und Tschepucha ebenfalls stehen geblieben war und auf ihr Telefon starrte. Tschepucha fuhr aus der Haut, wieder einmal. Er entgegnete mir, ich habe keine Ahnung, was Schönheit sei, ich solle alleine in meiner Fischfabrik vor mich hin faulen ohne Schönheit, »Höhlenmensch«. Irgendwie war es so, dachte ich jetzt, schon die ganze Zeit gewesen, wir waren uns nicht einig, ich sagte, wir sollten fortschreiten, Tschepucha, wir sollten weggehen. Ausgerechnet Tschepucha, der alte Moralist, verliebt sich plötzlich in einen Pelz, dachte ich mir. Er behauptete, er könne den feucht-lebendigen Geruch des ängstlichen Tieres noch vor sich sehen, die funkelnden Augen des sterbenden Tieres, das seine ganze fleischliche Liebe in den Pelz gelegt habe. Tschepucha behauptete, der Pelz sei ökologisch wertvoll. Was soll das bedeuten, fragte ich mich, ökologisch wertvoll, aber Tschepucha fügte gleich hinzu, er wisse noch nicht, was genau ihn interessiere, der Pelz oder der Pelzmantel oder doch die Frau im Pelzmantel, etwas habe ihn plötzlich sehr berührt, wenn ich das nicht verstehe, solle ich eben weitergehen und nicht blöd fragen. Plötzlich schrie Nastja »Empfang, ich habe Empfang«. Ich ging zurück auf die Brücke, um zu sehen, ob Nastja wirklich Empfang hatte, und tatsächlich, Nastja hatte plötzlich, aus heiterem Himmel, Empfang. Ich wollte etwas nachschauen, doch das Netz funktionierte nicht. Dann beschloss ich kurzerhand, einen alten Freund anzurufen, aber auch das wollte nicht gelingen. Für einen Auslandsanruf genügte das Guthaben wohl nicht. Obwohl Nastja eigentlich die ganze Zeit darauf herumgedrückt hatte, waren die Tasten zudem wie eingerostet. Ich versuchte es einige Male, wurde wütend und schmiss das verfluchte Teil auf den Boden, sprang einige Male darauf herum, nahm es noch einmal in die Hand und schmiss es in den Fluss, wo es auf dem Eis entlangschlitterte. Nastja weinte ganz leise. Sie war traurig, aber gefasst. Tschepucha schaute mich verwundert und herausfordernd an und sagte mir damit vielleicht, dass wir Nastjas Mutter nun sicher nicht wiederfinden würden. Ich war außer Atem. Tschepucha bekreuzigte sich. Ich war überrascht, denn er machte das zum ersten Mal. Langsam fühlte ich mich Nastja gegenüber etwas schuldig und es war mir, als sei der Grund für dieses Schuldgefühl nicht alleine die Zerstörung ihres kleinen Apparats, den wir alle ein bisschen mochten und fürchteten, der aber, so dachte ich mir auf der Brücke, doch ein Ablenkungsapparat von etwas anderem, Größerem war. Dann lief ich einfach voraus, tiefer in den Morast hinein, in der stillen Hoffnung, Tschepucha und Nastja würden von selbst nachkommen, und langte mir an den Kopf, der wieder zu brummen angefangen hatte, seit wir die Pension verlassen hatten: keine Entladung. Zumindest Tschepucha würde schon nachkommen. Da ich mich nicht verabschiedet hatte, würde es ihm schwerfallen, einfach umzukehren, und Nastja würde er auch mitbringen, hoffte ich.

Vor siebzigtausend Jahren sind die Steinzeitnomaden den Mammutherden folgend über die Beringbrücke gegangen, im Winter übers Eis von der alten Welt in die neue, sozusagen in der Geschichte nach hinten gelaufen und vorne herausgekommen, rückwärts in die neue Welt. So fühle auch ich mich jetzt im Angesicht des Meeres, das keine Geschichte hat, das womöglich ein wirkliches Vergessensmeer ist, ein Nullpunkt, an dessen Rand ich stehe und dem gegenüber die andere Welt liegt, die man einmal die neue nannte, auf die ich nicht schaue, umgeben von den ältesten aller Menschen, von denen mir keiner gleicht, nicht im entferntesten, die ich aber mag, vor denen ich mich keineswegs fürchte. Rückwärts durch die Zeit und ihre träge Geschichte hindurch bin ich angekommen an dem toten Punkt, der am Anfang und Ende der Welt zugleich liegenden Fischfabrik, und es ist erstaunlich, denke ich mir, dass auch hier keine Vögel singen.

Meine Sehschwäche muss sich während der letzten Wochen noch weiter verstärkt haben, denn wir sind mehrere Male an der Fischfabrik vorbeigegangen, auch, weil sie so zerstreut zwischen den anderen Gebäuden liegt und sich von den übrigen Hütten der Siedlung am Anfang gar nicht klar unterscheiden ließ, sodass man sie nur schwer ausfindig machen konnte. Die Gegend ist schön und das Areal um die Fabrik groß und verlassen, ein nettes, mehr oder minder ausgestorbenes Fischfabriksdorf. Es ist jedoch nicht richtig, was Tschepucha gesagt hat, dass nämlich die Fischfabrik in Bruchteilen nicht nur noch erhalten, sondern sogar noch in Betrieb sei und von wenigen Personen geführt werde, welche schon lange auf Hilfe warteten. Die letzten Arbeiter, so sagt man uns hier, haben die Fabrik bereits im vergangenen Winter verlassen. Dem unbekannten Eigentümer aus der Hauptstadt die Fabrik unbemerkt zu entwenden und wieder auf die Beine zu stellen, scheint durchaus möglich. Tschepucha ist mitgekommen, weil er den Weg kannte und weil er sich im Fischgeschäft auskennt und Kontakte in alle Welt hat, wie er mir immer wieder versicherte, vielleicht aber auch, weil er mich leiden mag. Ohne die manchmal stärker werdende Zuneigung zwischen uns wären wir so weit wohl nicht gekommen.

Was mich bis eben verwirrte und was auch Tschepucha nicht gewusst hat, ist, dass es sich eigentlich nicht um eine Fischfabrik handelt, sondern um eine Seehundfabrik. Obwohl der Seehund im Buch der zu schützenden Tierarten verzeichnet ist, dürfen die hier lebenden Leute, die zumindest in einer älteren Ausgabe, wie Tschepucha und ich festgestellt haben, in dem etwas wichtigeren Buch der zu schützenden, vom Aussterben bedrohten kleinen Völker stehen, ihrer traditionellen Lebensweise nachgehen und weiterhin Seehunde fangen, wenngleich nur eine bestimmte, festgelegte Menge im Jahr. Die Leute hier haben einst aus den Seehunden, dem Fleisch, den Organen, der Haut, den Flossen alles gemacht, nicht nur verschiedene Nahrungsmittel, Suppe, Salat, Soße, auch Kleidung und die Dächer der Hütten. Der neue Besitzer hat vielleicht nicht bedacht, dass er das Recht der Minderheit, des im Aussterben begriffenen Häufchens nicht missbrauchen darf für den massenhaften Vertrieb von Seehundfleisch. Wir sollten also einen einheimischen Vorsitzenden und Besitzer für die Fabrik finden, dürfen die Produktion nicht über ein bestimmtes Maß hinaus wachsen lassen, müssen dabei aber trotzdem einen möglichst großen Teil der zurückgebliebenen Bevölkerung in den Arbeitsablauf integrieren. Um den offiziellen Status der schutzbedürftigen Minderheit zu erlangen oder zu behalten, darf die betreffende Volksgruppe die Zahl von vierzigtausend Angehörigen nicht überschreiten, jedoch auch nicht zu wenig sein, um überhaupt als eigenständige Gruppe anerkannt zu werden. Um uns beim Seehundfang innerhalb der Grenzen der Legalität zu bewegen, müssen wir also zuerst die Vermehrung der Bevölkerung organisieren. Schade, denke ich mir angesichts dessen jetzt, dass Nastja nicht richtig schwanger war. Man hätte sie und ihr Kind mit Leichtigkeit als Eingeborene ausgeben können. Ihre Physiognomie wandelt sich sowieso ständig ein wenig und steht immer in überraschender Ähnlichkeit zum lokalen Klima und dessen Bewohnern.

Die in Kriegszeiten entstandene Seehundfabrik wurde schon immer hauptsächlich von Kindern und Frauen geführt und auch heute noch scheint es hier fast nur Kinder und Frauen zu geben. Erst im Krieg begann der professionelle Fischfang unter wissenschaftlicher Aufsicht, um die an der Front hungernden Soldaten zu füttern. Die Frauen und Kinder arbeiteten Tag und Nacht, um die Männer an der Front mit frischem Fisch und Seehundfleisch zu versorgen. Im Keller des Bürogebäudes habe ich das Archiv der Fabrik gefunden, die Reste eines kleinen Museums für Firmenangestellte, Stapel von Material aus dieser Zeit. Früher scheint hier oder in der Nähe eine sehr berühmte und mit verschiedenen Medaillen ausgezeichnete Fischpaste hergestellt worden zu sein, vielleicht eine der ersten ihrer Art. Darauf deuten zumindest Fotografien von einer solchen Paste und von Preisverleihungen hin, die noch vom Anfang des Jahrhunderts stammen müssen. Auch eine Anleitung zur Seehund- und Walrossjagd sowie Bücher über die Jagd im Allgemeinen sind darunter. Die staatlich genehmigte Seehundjagd findet nur im späten Winter und im Frühjahr statt. Der Seehund kann nur 20 Minuten unter Wasser bleiben. Mit seinen scharfen Flossen haut er sich ein Loch ins schwache Eis der gefrorenen Bucht. In dem Moment, in dem er hochkommt, schnappt man ihn mit Maschinen, die selbst nicht zu schwer sein dürfen, um nicht einzubrechen. Jährlich rafft das Meer einige Arbeiter hinweg.

Seehundbilder gibt es hier jedoch keine. Im Regal stehen lediglich die Gestalt verschiedener Fische konservierende Gläser, kleinere eingelegte Fische mit Nummerierungen, manchmal mit kleinen Namensschildern. Darin sind die Fische begehrenswert, weil sie noch zu leben scheinen, man ist es doch gewohnt, sie so in Flüssigkeit schwebend zu sehen, während die Sehnsucht aber aus ihrem Blick gewichen ist. In den Gläsern schwebend erinnern mich die Fische an das, woran sie mich immer erinnern, an den Tod. Die interessantesten Dokumente aber sind beschriftete Zettelchen, die sich in kleinen Plastikfolien befinden, Zettelchen mit Autobiographien von zwanzig Zeilen, die sich auf das Wesentliche beschränken, um dann auf einmal an einen ganz bestimmten Tag zu erinnern, ein auffallendes Wetter zu erwähnen oder den Tod einer Freundin. Es sind wunderschöne Texte, weil sie so winzig sind. Auf einem steht ein Gedicht geschrieben:

Bylo cholodno i golodno
no my ponimali:
idjot vojna
i frontu nužna ryba.

Es herrschten Hunger und Kälte
doch wir verstanden:
es ist Krieg,
und die Front braucht Fisch für den Sieg.

Tschepucha, der mir beim Übersetzen geholfen hat, sagt, es sei kein Gedicht. Ich aber denke sehr wohl, dass man es als Gedicht bezeichnen kann, Tschepuchas metrische Anforderungen sind zu strikt. Kommando und Disziplin waren so streng, dass die Frauen, so steht es auf den Zetteln, tagelang nicht schliefen und sich manchmal mit heißem Wasser die Hände verbrühten, damit man ihnen einige Tage frei gab. Das hier hergestellte Seehundfleisch und der zahlreiche Fisch, so dachte man, könnte die Soldaten an der Front besser als alles andere ernähren und würde den Krieg entscheiden. So ist die Fisch- und Seehundfabrik im Krieg in einem viel größeren Maßstab konzipiert worden, als es heute sinnvoll wäre. Wir müssen darum zuerst einen Plan zur Verkleinerung der Fabrik entwerfen.

Ich habe die Maschinenräume bereits besichtigt und festgestellt, dass man die Geräte fürs Erste noch benutzen kann. Da bin ich auch auf einen übriggebliebenen, sehr alten Menschen gestoßen. Neben den Archivmaterialien wenden wir uns seitdem zur Informationsbeschaffung an eine Greisin, die einen noch älteren

Eindruck macht als die Alte im Nordural. War diese schwer und geschminkt, rund und aufrechtstehend, ist jene unfassbar klein, im Stand noch zwei Köpfe kleiner als Nastja, schmal, mit gebogenem Kreuz und zusammengefallener Haut, alt und hart wie ein Stein. Wir haben sie gefunden im Keller einer der Hallen, wo sie sich aus Netzen im Dunkeln eine Hängematte gebaut hat. Die letzte im Herzen der Fabrik verbliebene und noch in ihren Gebäuden wohnende, vielleicht zweihundert Jahre alte Frau kann uns alles erzählen, die ganze Geschichte und Urgeschichte dieses Küstenstreifens, denn sie hat, so scheint es, alles miterlebt von den Urmenschen bis heute. Sie hat mir jedoch gesagt, dass die Seehunde schon lange das Weite gesucht hätten und sie nicht glaube, dass man sie wieder herlocken könne, wenn man überhaupt jemals wieder die Arbeitskräfte haben sollte, um sie zu fangen. Ich widerspreche ihr, denke, alles ist möglich, auch die Seehunde oder einen anderen Fisch wieder in rauen Mengen herzubringen. Zuerst muss der Fisch organisiert werden, dann sind alle anderen Fragen zu klären.

Neben dieser uralten, vielleicht unsterblichen Greisin leben hier heute fast nur noch Kinder. Hinter dem kleinen Eingangshäuschen der Fabrik erstreckt sich ein großes Areal, eine Landschaft aus Bauteilen. In einem alten Bootswrack, wie sie zu Dutzenden ohne Ordnung auf der nackten Erde verteilt herumliegen, verstecken sich einige Kinder vor mir, strecken ab und zu den Kopf heraus, um mich zu beobachten, vielleicht wohnen sie dort. Andere Kinder laufen mit einem Trockenfisch in der Hand durch die Gegend, an dem sie von Zeit zu Zeit nagen, an ihm nagend wälzen sie sich auf dem Boden. Die älteren Bevölkerungsteile sind entweder tot oder sie verstecken sich noch im

Dorf. Viele sind wohl auch in die Pension übergesiedelt. Nastja wurde von den übriggebliebenen Kindern gut aufgenommen und hat sogar wieder zu spielen begonnen. Die Hoffnung, sie wäre erwachsen geworden, war verfrüht. Sie hat sich mit einigen Kindern angefreundet, zusammen spielen sie mit Blechdosen, die auf dem Boden herumliegen, oder spielen Verstecken mithilfe der kleinen Schiffsskelette, die hier überall halb in die Erde gebohrt herumstehen. Sie haben auch eine Sandburg gebaut. Nastjas Telefon ist auch wieder da, hat sich von seinem Ausflug aufs Eis erholt. Tschepucha hat es ihr aus reiner Gutherzigkeit vom Eis des Flusses heruntergeholt, wo es nicht zerschellt war. Leider ist so jedoch die Batterie zur Neige gegangen und Nastja sucht eine Steckdose, um das Ding aufzuladen. Deswegen kommt die kleine Emeljanova manchmal jammernd bei mir im Büro vorbei, weil sie eine Steckdose sucht. Aber Strom oder fließend Wasser gibt es hier noch nicht.

Tschepucha hat wohl endgültig beschlossen, das Weite zu suchen, zurückzugehen in die Pension zu der Dame mit dem Pelz. Er ist sich sicher, dass sie sich dort aufhält. Ich versuche ihn noch davon abzuhalten, er wartet aber wohl nur, weil er glaubt, dass ich mitkomme. Er hat auch recht, die Pension verspricht ein gutes Winterlager zu sein. Aber wir könnten uns auch hier einrichten und unseren Umzug vorübergehend als abgeschlossen betrachten. Tschepucha trägt jetzt sinnlos Gegenstände durch die Gegend, offenbar auf meine ersten Anweisungen wartend, aber wahrscheinlich will er mir nur die Unfruchtbarkeit meiner noch unausgegorenen Pläne beweisen. Er redet jetzt nicht mehr, ich mache jetzt die Kopfarbeit, er die Handarbeit. Ich denke, man könnte aus dem hier vorhandenen Material, den Briefen und Zetteln, zusammen mit den Schiffsrümpfen, Bildern von den übriggebliebenen Leuten, ihren Kleidern und Haushaltsgeräten ein wunderschönes kleines Museum machen oder ein Buch. Tschepucha aber will davon nichts hören und liegt mir die ganze Zeit mit seinem »beherrschen, verniedlichen, musealisieren« im Ohr. Manchmal würde ich ihn gerne einfach ins Meer schmeißen, den Seehunden zum Fraß vorwerfen, sie durch Tschepuchas alten verbrauchten Körper wieder anlocken, doch andererseits ist mir klar – ohne ihn geht es auch nicht. Gegen die Evidenz aller Dokumente und vermutlich aus unbegründeter Antipathie gegenüber den hier lebenden Menschen bezweifelt Tschepucha, dass hier überhaupt jemals Seehunde waren, führt dafür geographische Gründe an und behauptet, es handle sich wahrscheinlich um einen über Generationen hinweg tradierten Mythos des hier lebenden Volks, das, wie so viele Völker, sich Ruhm und Namen habe schaffen wollen aus dem, was es nicht hat, indem es behauptet, es habe selbiges nicht mehr, obwohl es selbiges ohnehin nie hatte. Tschepucha will vermutlich einfach nur Recht behalten mit seiner ursprünglichen Behauptung, es handle sich um eine Fischfabrik, nicht um eine Seehundfabrik. Ich dagegen denke, es ist ja nicht so wichtig, ob die Seehunde da waren oder nicht: Jetzt sind sie auf jeden Fall nicht mehr da.

Ich bin müde, Tschepucha schläft, Nastja denkt nach. Jetzt, in der alten Fischfabrik angekommen, sitze ich an einem Schreibtisch und schreibe auf, wie wir hierhergekommen sind. Der in der Hauptstadt sitzende Direktor der Fischfabrik kommt seit Jahren nicht mehr vorbei, weil er sich, wie es hier heißt, vor dem wütenden Ansturm der hungernden Menge fürchtet. Hier aber ist es still. Überhaupt gibt es kaum Menschen, obwohl einiges darauf hindeutet, dass es früher mehr gegeben haben muss. Wenn man die wenigen Übriggebliebenen fragt, wie man dem Dorf und seiner Fischfabrik helfen könne, murmeln sie nur, ohne Pause und Rhythmus, selbst Tschepucha kann aus ihrem Murmeln keine Handlungsanweisungen ableiten. Die Menschen hier sind verwildert und abgemagert. Ein einziger, aus der Stadt hergekommener Bildungsbürger ist zu Besuch und faselt seine Leier von der Einheit der Welt, ohne einen Punkt zu machen. Aber die mit dieser Einheit verbundene Trunkenheit und Traurigkeit ist kaum auszuhalten, schwerer noch als das unverständliche Gemurmel der ansässigen Restbevölkerung.

Aus unbestimmtem Grund gelingt es mir nicht, mich auf die bezüglich der Seehundverarbeitungsfabrik anfallenden Fragen zu konzentrieren. Ich mag es hier, aber ein seltsames Gefühl begleitet mich, als hätte ich etwas Wichtiges verloren, als sei ich unbemerkt durch eine Amputation gegangen, als habe Nastja meinen Arm geklaut oder Tschepucha meine Erinnerungen. Ich kann mich nicht auf die Fischfabrik konzentrieren, stattdessen taucht immer wieder ein in den Strapazen der letzten Wochen und Monate vergessenes Gefühl auf, ein unter der Brust sich nach oben in Richtung des Halses schiebendes Zwicken kehrt wieder von einem Zeitpunkt, der zugleich sehr fern und sehr nah in der Vergangenheit liegt, und lässt diese ganze Armenienfahrt mit ihren bis an die Pazifikküste reichenden Auswirkungen manchmal als ein großes Ablenkungsmanöver oder einen einzigen Zeitvertreib erscheinen. Die Vergangenheit ist dichter als die Zukunft. Dass ich zur Vertreibung der Leere zuerst bei den Armeniern, dann bei den Ostjaken, Samojeden und Wogulen, schließlich bei den Tschuwaschen, Chakassen und Burjaten gelandet bin, bei den Tungusen, Nanai und allen anderen, die über ihre eigene Entleerung wenig Betroffenheit zeigen, befremdet mich jetzt. Seltsam, denke ich mir, dass die räumliche Leere die innere auslöschen kann. Dass ich hierhergekommen bin, letztlich nur, um zu verstehen, was das ist, die Leere, die nicht existiert, begreife ich jetzt, denn sie ist nicht mehr da, nur noch eine Erinnerung, verschwunden. Im Aufschreiben der vergangenen Wochen ist sie mir entglitten und ich habe Land gewonnen. Vielleicht sind die nun hervorbrechenden Gedanken und atmosphärischen Fetzen, die sich mir zwickend den Hals hochschieben, nur ein letzter Schrei jener alten Welt, die mir eigentlich schon lange bevor ich sie verlassen habe nichts mehr gesagt hat, die ich nie vermissen konnte, weil ich nie wirklich ein Teil von ihr war, von der ich längst Abschied genommen habe, bevor ich aus ihr aufgebrochen bin. Aber so kann es nicht sein, wenn sich meiner Erinnerung die Leere als jene lebendige Fläche zeigt, deren Umriss dein Gesicht, dein Lachen ist. Unten, im Archiv an der Wand, hängt ein Bild von Polina Semjonowna Schemtschuschina, der langjährigen Volksbeauftragten für Fischverarbeitung und Frau von Wjatscheslaw Molotow, dem sowjetischen Regierungschef von 1930–1941. Direkt neben den Fischgläsern hängt eine Fotografie von ihr, der Jüdin, die später in die kasachische Verbannung geschickt wurde. Sie hatte ein biblisches Gesicht, wie schon ihr Mann sagte. Beim Anblick der Fotografie überkam mich, wie manches Mal in den letzten Wochen, eine Flut von Bildern. Ich denke an dein biblisches Gesicht, an deine starken Wangen und die Art, in der dein Mund, wenn du lachst, das ganze Gesicht verschluckt. Unser Logbuch ist mittlerweile fast voll, hauptsächlich mit Zeichnungen von Nastjas einem Arm, der Talent hat. Darum schreibe ich jetzt in ein Rechnungsbuch, das hier herumlag. Ich schicke dir also meine Landschaftseindrücke mit einem innigen Gruß. Die Notizen aus dem Samojedenland, vom Obbusen am Nordural, habe ich in losen Papieren dazugelegt. Das Logbuch kann ich dir leider nicht geben, es wird vielleicht noch gebraucht. Ich hoffe, du bist da und kannst die Sendung direkt in Empfang nehmen, damit diesen Brief kein anderer liest. Der Luftpost traue ich nicht, ich versuche, ihn auf dem Seeweg zu schicken, und drücke dir die Hand –

Paul.

Zitiert werden *Johannes de Plano Carpini, Wilhelm von Rubruk, Johannes Schiltberger, Siegmund von Herberstein, Adam Brandt, Lorenz Lange, D.G. Messerschmidt, Johann Philipp von Strahlenberg, Georg Wilhelm Steller, Johann Georg Gmelin, Peter Simon Pallas, Benjamin Fürchtegott Balthasar von Bergmann, Johann Wolfgang von Goethe, Adalbert von Chamisso, Karl Ernst Ritter von Baer.*

Jochen Beyse

Palermo 1933. Erzählung

160 Seiten, Broschur

ISBN 978-3-03734-256-5

€ 14,95 / CHF 20,00

1933 wird der Schriftsteller Raymond Roussel in einem Luxushotel in Palermo tot aufgefunden –»und neunzehnhundertdreiunddreißig ist ein Jahr, das man in jedem Fall zur Kenntnis nehmen muss.« Neben dem Toten sitzt ein namenloser »Blutsauger«. Sein Monolog eröffnet und skandiert Jochen Beyses neuen Prosatext, eine dichte Erzählung über die phänomenalen Selbstbegegnungen im Lesen und im Schreiben.

In den Vordergrund rückt immer mehr die Nachtexistenz eines heutigen Schriftstellers, der seine ganz private Dunkelzone durchstreift und nach Wegen sucht, endlich einmal Verbündeter des Lebens zu sein. Im Wechsel zwischen der fiktiven Rückblende, dem Gang durchs eigene Leben und der Vergegenwärtigung zentraler Lektüreerlebnisse entsteht die Topographie eines literarischen Exerzierfeldes. Eine messerscharfe und anspielungsreiche Prosa von eigentümlicher Anziehungskraft.

»Auch mit dieser filigranen, schwebend leichten Prosa bestätigt Jochen Beyse, der sich in seinem Werk seit dreieinhalb Jahrzehnten immer wieder mit Einzelgängern und Außenseitern befasst hat, seinen Rang als ebenso inspirierter wie skrupulöser Erzähler, der sich vom Diktat des Markts nicht korrumpieren lässt.«
Bruno Steiger, NZZ am Sonntag

Julien Maret

Tirade. Roman

Aus dem Französischen von Christoph Roeber

96 Seiten, Broschur

ISBN 978-3-03734-246-6

€ 12,95 / CHF 15,00

Jemand fällt und spricht zugleich, redet, singt, schwadroniert. Seine Lage ist riskant: Es ist ein Ich ohne Geschichte, ohne Zivilstand, das dennoch versucht, mit äußerster Genauigkeit und Intensität dem gerecht zu werden, was ihm zustößt und zugestoßen ist. Im Fallen reihen sich rasende Bilderfluchten eines Lebens aneinander, die in Echtzeit vor unseren Augen vorüberziehen. Und so entsteht die poetische Aneignung eines Lebens, ein parodierter Gesang. Von ferne grüßen, abgrundtief traurig und zum Totlachen, Lewis Carrolls Alice und Samuel Becketts Namenloser. Julien Marets kühnes literarisches Experiment nimmt den Leser von den ersten Sätzen an gefangen: ein bemerkenswerter Romanerstling.

Angelika Meier

England. Roman

336 Seiten, gebunden mit Schutzumschlag

ISBN 978-3-03734-104-9

€ 19,90 / CHF 24,90

Als Valentine von Master Jonathan Quale Higgins III. im Trinity College
als neues Mitglied des Kollegiums empfangen wird, eilt ihr der Ruf einer
bahnbrechenden wissenschaftlichen Entdeckung voraus: Sie hat einen bis-
lang völlig unbekannten Denker aus dem 17. Jahrhundert ausgegraben und
arbeitet nun an der Edition seiner Werke. Lange bleibt unklar, welche Rolle
sie in Cambridge und seiner herzlich-elitären Welt zu spielen hat. Was ist
ihr geheimer Auftrag? Wer ist auf ihrer Seite? Will man sie beschützen
oder bloßstellen? Wer ist eigentlich hinter wem (oder hinter was) her? Was
wird hier gespielt? Jedenfalls erweist es sich als einigermaßen schwierig,
einen Samsonite-Koffer mit wertvollen Manuskripten rund um die Uhr zu
bewachen – und zugleich der zweifelhaft-ehrenvollen Gemeinschaft der
Kollegen in slapstickartigen Dialoggefechten Rede und Antwort zu stehen,
den Studenten ihre philosophischen Flausen auszutreiben oder sich mit
dem glamourösen Ironiker Orville der Liebe hinzugeben.
Angelika Meiers brillant komischer Erstlingsroman schaltet virtuos hin und
her zwischen Farce und literarischem Maskenspiel, zwischen allzu roman-
tischer Liebesgeschichte und kriminalesker Komödie – und offenbart bei
aller Heiterkeit immer wieder seine verstörend traurige Tiefenstruktur.

»Meier brachte die Seiltänze des Geistes in einen außergewöhnlichen
Roman. Ein großer Spaß für alle, die über die Zwanghaftigkeiten des
Denkens lachen können.« *Kolja Reichert, Der Tagesspiegel*

Angelika Meier

Heimlich, heimlich mich vergiss. Roman

336 Seiten, gebunden mit Schutzumschlag

ISBN 978-3-03734-184-1

€ 22,90 / CHF 28,90

In ortloser Höhe thront eine gläserne Klinik über den Angelegenheiten der Normalsterblichen. Dr. Franz von Stern, der als Arzt selbstverständlich mit einer zusätzlichen Hirnrindenschicht und einem Mediator zwischen den Rippen ausgestattet ist, versagt als Referent in eigener Sache: Unfähig, den geforderten Eigenbericht für seine Klinikleitung zu verfassen, erzählt er sich zurück in seine Vergangenheit. Eine »Ambulante« erscheint ihm als Wiedergängerin seiner Frau, und im vermeintlichen Wahngerede seiner Patienten sucht er nach dem Echo der eigenen Geschichte. Irrealer als die Gegenwart, dieses taghelle Delirium, kann das Erinnerte nicht sein, und so macht von Stern sich auf, seine verglaste Welt zu verlassen.

Angelika Meiers Roman spielt in einer Welt, in der »mangelnde Gesundheitseinsicht« ein tödlicher Befund ist: eine fröhlich-düstere Elegie auf uns fast vergangene Gegenwartsmenschen.

»Angelika Meiers Roman ist ein Buch aus dem Inneren der Psychose. Gibt ein Sprachkunstwerk die Psychose oder verkleidet sich die Psychose als Roman?« *Ernst-Wilhelm Händler, Süddeutsche Zeitung*

»Angelika Meier muss spätestens mit diesem zweiten Roman als eine der neuen großen Hoffnungen im deutschen Literaturbetrieb gelten.« *Oliver Jungen, FAZ*